La collection « Azimuts » est dirigée
par Monique Gagnon-Campeau
et Patrick Imbert

Meurtre au Bon Dieu
qui danse le twist

Du même auteur

Fleur de papier, conte, Montréal, Éditions Paulines, 1971.

Les Noces d'eau, roman, Montréal, Québec/Amérique, 1995.

Fleur-Ange, roman, Montréal, Québec/Amérique, 1995.

Enquête sur la mort d'une vierge folle, roman, Montréal, Québec/Amérique, 1997.

Enquête sur le viol d'un père Noël, roman, Montréal, Québec/Amérique, 1998.

La Petite Hindoue, roman, Montréal, Guy Saint-Jean éditeur, 1999.

Azimuts | roman policier

Sylvain Meunier
Meurtre au Bon Dieu qui danse le twist

ents d'Ouest

Données de catalogage avant publication

Meunier, Sylvain

Meurtre au Bon Dieu qui danse le twist

(Azimuts. Roman policier)

ISBN 2-89537-017-6

I. Titre. II. Collection.

PS8576.E9M48 2000   C843'.54   C00-940942-4
PS9576.E9M48 2000
PQ3919.2.M48M48 2000

Nous remercions le Conseil des Arts du Canada de l'aide accordée à notre programme de publication. Nous reconnaissons l'aide financière du gouvernement du Canada par l'entremise du Programme d'Aide au Développement de l'Industrie de l'Édition (PADIÉ) pour nos activités d'édition. Nous remercions également la Société de développement des industries culturelles pour son appui, ainsi que la Ville de Hull.

Dépôt légal —   Bibliothèque nationale du Québec, 2000
                  Bibliothèque nationale du Canada, 2000

Révision : Jean-Marie Brière

Correction d'épreuves : Renée Labat

Infographie : Christian Quesnel

© Sylvain Meunier et les Éditions Vents d'Ouest, 2000

Éditions Vents d'Ouest
185, rue Eddy
Hull (Québec)
J8X 2X2
Téléphone :   (819) 770-6377
Télécopieur : (819) 770-0559
Courriel :   ventsoue@magi.com

Diffusion au Canada : PROLOGUE INC.
Téléphone :   (450) 434-0306
Télécopieur : (450) 434- 2627

Diffusion en France : DEQ
Téléphone :   01 43 54 49 02
Télécopieur : 01 43 54 39 15

*Tu seras un poète d'autant plus beau
que tu ne le seras point.*

Francis JAMMES

Un petit déjeuner
au collège des Saints-Anges

Il n'y a qu'une vingtaine de garçons qui devancent le Perdu. Ce matin, il s'est dépêché. La Pioche ne pouvait pas le manquer. Bien droit dans sa soutane, il est là, à dix pieds de lui, qui l'observe de travers.

Mais le Perdu ne perd pas des yeux l'entrée du réfectoire. Voilà Trudeau et Meloche. Il calcule son coup. Il place un pied de l'autre côté de la ligne. La Pioche réagit aussitôt. Le Perdu passe l'autre pied, et la maigre soutane s'ébranle dans sa direction.

— Hum hum! jeune homme… fait la Pioche, en regardant par terre.

— Hein? Quoi?

Le Perdu regarde par terre à son tour.

— Je l'ai pas fait exprès…

— Hé! comme c'est dommage! dit la Pioche en souriant. Pour une fois que tu n'étais pas le dernier. Mais *Dura lex, sed lex!*

La Pioche pointe du doigt le bout de la file qui s'allonge sans cesse. Le Perdu baisse les yeux et sort du rang pour remonter le courant, sous les moqueries éparses de collégiens mal réveillés. Il prend sa nouvelle place immédiatement après Trudeau, qui est en train de raconter ses films de la fin de semaine. Trudeau va « aux vues » deux, quand ce n'est pas trois fois chaque fin de semaine. Des films de guerre en anglais, presque toujours. Le lundi matin, il les raconte, le mardi aussi, parfois encore, le mercredi. Ça n'intéresse presque personne, mais Trudeau a les poings larges et les bras longs.

– Ah non! s'exclame Trudeau, constatant sa présence. Pas le Perdu, pas la puanteur à côté de moé!

Mais il se tait quand il s'aperçoit que la Pioche les regarde. Tout ce que le Perdu et Trudeau ont en commun, c'est que la Pioche ne les aime pas. Trudeau se contente de tourner le dos au Perdu en se pinçant les narines, mais en lui refilant quand même un coup de coude. Puis il continue à raconter son film. « C'est l'histoire d'un bateau de croisière, avec de belles Japonaises en kimono qui se promènent sur le pont, mais quand le navire américain s'approche, les décors tombent, les Japonaises deviennent des soldats et les canons sortent par les hublots… »

La queue avance. Trudeau prend un plateau.

– Tiens-toé loin! J'veux pas que mes toasts prennent le goût de ta puanteur!

Trudeau empile une demi-douzaine de rôties dans une assiette, prend deux fois plus de portions de beurre d'arachide et de confiture. Le Perdu se sert un bol de Corn Flakes, prend deux rôties et du lait au chocolat. Il frôle encore Trudeau.

– Hé! dégage, fifi! maugrée ce dernier, en le repoussant.

Le Perdu ne réplique pas. Il se dirige vers une table vide et attend que Daoust vienne le rejoindre.

Une grande question

D E LA M…! Il n'avait pas osé y croire, mais c'en était bel et bien!

Au dortoir, il avait fini de ranger ses vêtements dans l'armoire, près du lit en fer garni d'une couverture rouge. Il avait placé ses effets scolaires dans le pupitre qu'on lui avait assigné dans la salle d'étude, le troisième de la quatrième rangée, tout près de la tribune du surveillant. Il avait posé le cadenas sur le casier qu'on lui avait aussi assigné dans la grande salle.

Il avait dit au revoir à ses parents, à sa mère, surtout, qui s'efforçait de sourire. Puis, il avait suivi les autres. Il avait erré dans la grande salle de récréation où, déjà, les habitués jouaient au billard et il s'était retrouvé à l'autre bout, où étaient situés le terrain de basketball puis les portes donnant sur la cour. C'était là aussi que se trouvait l'entrée des toilettes. Il avait aperçu le remous des gars qui en sortaient en se bouchant le nez et en riant, en mimant des nausées. Pour la première fois, il avait entendu le nom de Trudeau.

Il s'était avancé dans les toilettes. Il y avait deux rangées de dix cabines et des lavabos. L'une des cabines contenait la source de l'agitation. Il s'était approché encore et, entre des épaules plus hautes que lui, il avait vu un point d'interrogation brun tracé sur la tuile beige. De la m...! Il n'avait pas osé y croire, mais c'en était bel et bien! Il était resté planté là, incrédule, à scruter le relief gluant, inconscient des moqueries que sa candeur suscitait déjà, jusqu'au moment où gronda la voix du père Lamothe, qui avait charge des récréations.

Cela avait été son premier contact avec la réalité du collège des Saints-Anges.

Comme un voleur…

Daoust s'est fait couper les cheveux, et ses oreilles paraissent encore plus décollées, ses lunettes encore plus grosses. Il va trouver la semaine longue. Daoust demande au Perdu pourquoi il ne l'a pas attendu, ce matin. Ce dernier lui répond qu'il avait trop faim. Il garde l'œil rivé sur Trudeau, assis deux tables plus loin, en diagonale. Trudeau a enlevé son veston, comme d'habitude, et parle la bouche pleine. Il n'a pas fini de raconter son film. Le Perdu mange ses Corn Flakes, salue Frenette et Lavergne, qui s'assoient à sa table ; ce ne sont pas des amis, mais ils n'embêtent personne.

Tout à coup, la voix de Trudeau monte d'un cran :

– Écoute donc ! On dirait que la puanteur du Perdu est tombée dans le beurre de peanut ! Me semble qu'il goûte drôle…

Mais il le mange quand même, tandis que les autres, à sa table, font voir qu'ils n'ont rien remarqué. Frenette s'est retourné et jette, exaspéré :

– Ta yeule, Trudeau !

Frenette n'a peur de personne. Si Frenette était l'ami du Perdu, Trudeau ne l'embêterait plus jamais, mais Frenette est plus vieux que lui d'un an.

Trudeau fait une grimace et vide sa tasse.

Le brouhaha feutré du repas matinal accompagne les secondes qui passent.

Soudain, Trudeau porte la main à sa gorge et se frotte la poitrine. On dirait qu'il a du mal à respirer. En effet, il cherche son souffle. Sa bouche s'ouvre comme celle d'un poisson hors de l'eau. Ses yeux aussi ressemblent à des yeux de poisson. Trudeau râle, se lève en renversant sa chaise. Du coup, tout le réfectoire se tait. Seul Trudeau est debout, tirant sur sa cravate. Les cris rauques de sa gorge asphyxiée résonnent dans le silence. La Pioche s'est retourné et amorce lentement une intervention. La Pioche se méfie des blagues de Trudeau. Mais Trudeau manque d'air. Pourtant, tout le monde respire sans peine ; il n'y a que Trudeau qui manque d'air et se noie sans comprendre dans ses vomissures, au milieu de tous ces visages familiers et incrédules.

Le Perdu s'est levé. Comme il arrive tout près de Trudeau, celui-ci tombe en se tordant, en se débattant contre la mort qui l'attaque dans ses tripes. Il a les lèvres bleues, de l'écume à la bouche. Trudeau meurt. Trudeau est mort.

Le Perdu voit Meloche retirant sa main du veston de Trudeau, puis qui retourne manger ses Corn Flakes.

Les bras en l'air, la Pioche, en proie à l'hystérie, court en hurlant pour trouver de l'aide.

La démolition
d'un pâté chinois

MODE sait que Nil n'est pas dans son assiette depuis qu'il a mis le pied dans la maison. Dans son assiette, il y a le pâté chinois du lundi. Il n'a pas versé de ketchup dessus, il a démoli sa belle construction, mélangé la viande, le blé d'Inde et les pommes de terre, pris une bouchée, bu une gorgée de lait et, maintenant, il joue à séparer les grains de maïs avec le bout de la fourchette. Mode demande :

– Y'est pas à ton goût ?

– Non, Mode… Oui, je veux dire. C'est pas ça. J'ai pas tellement faim.

– Ah.

– C'est à cause de quelque chose, au bureau.

– Ah.

Mode, elle, mange de bon appétit, comme toujours ; elle coupe chaque morceau avec précaution en le soutenant avec l'ongle rouge de son pouce gauche, pour que les différentes couches ne se mélangent pas. Elle boit du Kik Cola dans un verre à moutarde. Nil essaie encore une petite bouchée. L'estomac lui brûle.

– 'Ostie !

Il laisse tomber sa fourchette dans l'assiette. Elle gronde :

– Nil !

– Mon ulcère se réveille !

Il boit une longue gorgée de lait.

– Calme-toi. Ça sert à rien de sacrer, tu le sais ben.

Elle mange encore, puis s'arrête, s'essuie les lèvres avec une serviette en papier, qui garde la trace de son rouge.

– Dis-le donc.

– Quoi ?

– Ce qui va pas à l'ouvrage !

– Un meurtre.

– Un meurtre au poste ?

– Pas au poste, voyons ! Un meurtre pour lequel on nous a appelés.

– Puis ?

– Puis c'est moé qui dois mener l'enquête !

– Comment ça ?

– À cause de ma grande gueule…

– Une grande gueule, toé ?

– C'est un jeune qui est mort. C'est arrivé au collège des Saints-Anges. Le chef a demandé si quelqu'un connaissait la place. Je savais pas pourquoi il demandait ça, donc j'ai été dire que c'était là que j'avais fait mes études…

– T'as fait ton cours classique ?

– Jusqu'en Rhétorique…

– Qu'est-ce c'est ça ?

– C'est la sixième année du cours qu'on appelle de même ; toutes les années ont des noms : Éléments latins, Syntaxe, Méthode…

— Ah... Me semblait que vous étiez pas riches, chez vous...

— On n'était pas riches, non, mais ma mère sacrifiait sur tout pour avoir un prêtre dans la famille... Toujours que, quand le chef m'a entendu, y'a pas réfléchi dix secondes. Y'a dit : « Bien! Vas-y donc, Baribeau! Une petite enquête pour la forme, avec des jeunes, c'est pas ça qui va t'achever! » Apparence que le père supérieur voulait pas n'importe qui, et puis que le chef, lui, avait besoin de ses meilleurs gars pour des affaires plus importantes. Alors là, seulement, y'a dit que c'était peut-être une affaire de meurtre. Calvaire!

— Nil!

— Non, mais j'étais ben, moé! Ça faisait cinq ans que j'étais pas sorti; je sentais que je me refaisais tranquillement une santé. La seule sortie que j'espérais, c'était celle de ma retraite.

— Qu'est-ce tu veux... ça va pas toujours comme on s'y attend. Ça pourrait être pire, avec les bombes qui sautent dans les boîtes aux lettres...

— Je le sais ben.

— Qu'est-ce tu vas faire?

— J'ai-t-y le choix? Il faut que je fasse l'enquête. J'ai déjà commencé. J'y suis allé tout de suite après le dîner. Quarante ans! Ça faisait quarante ans! J'étais même jamais passé devant. Ça a quasiment pas changé. Quelques bâtisses de plus aux alentours, un nouveau pavillon, mais c'est la même allée en demi-lune, le même grand parterre, les peupliers, le terrain de football avec la piste autour, les terrains de crosse, les colonnes de l'entrée, surtout... J'me suis senti aussi petit que

quand mon père était allé m'y reconduire, la première fois.

— T'as été petit, toé?

— Non, j'ai toujours été ben pris, mais j'étais
pas souvent sorti de mon village. On avait fait le
voyage en train, puis en tramway; autrement dit,
on était arrivé à pied, avec mon père qui portait ma
valise. Dans ce temps-là, les automobiles, c'était pas
pour tout le monde, mais au collège des Saints-
Anges, l'allée en était pleine; ça puait le gaz. En
dedans, c'était quelque chose aussi! De grands
escaliers en marbre, avec des rampes en chêne qui
tournaient de chaque côté; encore des colonnes…
Rien que l'entrée était plus grosse que l'église, chez
nous! Puis là, des gars plus que je pouvais en
compter, tous en habit, comme moi, avec une cravate rouge, mais eux autres avaient l'air de se con-
naître, de savoir quoi faire. Ils me regardaient d'une
drôle de manière. J'avais l'air habitant pour vrai
avec l'habit que ma mère m'avait fait. Une chance
que j'étais pas seulement gros, mais que j'avais des
bras puissants.

Il avance son bras gauche, démesuré, le tâte de sa
main droite, massive et rugueuse. Mode l'observe,
inquiète. Elle ne se souvient pas qu'il ait jamais déjà
parlé si longtemps d'une traite, surtout de lui. Elle
souhaite de tout cœur que ce soit pour cette seule
raison qu'il semble chercher son souffle tout à coup.
Il dit :

— Toé, qu'est-ce t'as fait, aujourd'hui?

— Rien. J'ai regardé un peu la télévision. J'ai vu
un documentaire. Des fois, c'est bon, les documen-
taires; ça change des reportages sur les manifesta-

tions ou les grèves. Ça m'instruit ; j'ai pas fait mon cours classique, moé. C'était un documentaire sur les éléphants. Les vieux éléphants, imagine-toé donc, quand ils se sentent mourir, ils s'en vont dans une sorte de cimetière, avec d'autres ; c'est bizarre… Comment ils savent qu'ils vont mourir ?… Mais mange donc.

Le jeu de crosse

SUR LE MURET de béton du préau étaient peintes des cibles carrées de la taille d'un but. Avec sa crosse toute neuve, le Perdu visait le centre, mais ratait toujours son coup. Sa balle rebondissait sur le terrain au milieu de la centaine de garçons qui s'exerçaient. Le jeu était nouveau pour lui. Il se servait encore de sa crosse comme d'une pelle pour ramasser sa balle qui le fuyait obstinément dans la poussière.

Il l'attrapa finalement avec la main et reprit position devant la cible. Un grand garçon s'approcha de lui avec un air amical.

— T'es nouveau, ça paraît.

Le Perdu fit oui de la tête. Le grand abandonna son ton taquin.

— Tu pourras jamais tirer comme du monde : ta crosse est pas formée! Regarde la mienne.

La comparaison était explicite. La crosse du grand avait un panier profond dont le filet de cuir était souple; la sienne avait toujours le panier plat et raide.

— Elle va se former à force de jouer, dit le grand, mais pour commencer, tu peux l'étirer avec ton genou, jamais avec ton pied.

Il lui avait pris sa crosse et lui montrait comment faire, quand, tout à coup, il se désintéressa de la chose pour se diriger vers un petit attroupement. Un garçon carré, qui n'avait pas enlevé son veston ni sa cravate, voulait prendre la crosse d'un autre joueur, qui refusait de la lui céder.

— T'es chaud, Trudeau!

Trudeau répliqua en lui soufflant son haleine au visage.

— Cinq onces de gin, c'est pas assez pour moé! Envoie, passe-moé ta crosse, rien qu'un tir ou deux…

— T'en as une, va la chercher!

— Ah! C'est trop long… Seulement pour une gageure, 'stie!

Le grand s'approcha:

— Qu'est-ce que tu gages, Trudeau? Je vais te la passer, moi, ma crosse. C'est la meilleure du collège!

— C'est vrai! fit une voix. 'Y a pas une crosse formée comme celle de Frenette.

Trudeau toisa le grand Frenette:

— Je gage que je place la balle entre les deux châssis du milieu, au deuxième étage!

— Facile! fit une voix.

— Okay! dit Frenette. Une piastre.

Il tendit, avec sa balle dedans, sa crosse à Trudeau qui, en rotant, retira son veston et sa cravate rouge. Il prit la crosse, exécuta quelques moulinets, puis, traçant un grand cercle dans l'air lumineux, lança.

La balle beige monta plus haut que le deuxième et, en une courbe descendante, atteignit en plein centre l'une des deux fenêtres qu'elle devait éviter.

Le fracas du verre brisé fit se tourner toutes les têtes, tandis que la balle roulait sur le toit du préau pour retomber dans la cour.

— Trudeau, tu me dois une piastre! dit Frenette.

— Une autre! Gages-en une autre!

Mais Frenette lui arrachait sa crosse des mains.

— Non! Jamais de revanche.

— Frenette, t'es rien qu'un 'ostie de pissou!

— C'est toi qui as voulu parier, conclut Frenette en s'éloignant.

Trudeau lançait des mitrailles de jurons. Incapable de se contenir, il bouscula un garçon, s'empara de sa crosse et de sa balle, puis lança de nouveau. Une autre vitre cassa. Puis une autre. Plus personne ne jouait. On regardait Trudeau jurer et casser des vitres.

Quand quelqu'un cria : « ATTENTION! VOILÀ LA PIOCHE! », Trudeau avait cassé dix-huit vitres.

Il laissa tomber la crosse et s'enfuit.

L'histoire de Mode

MODE est au lit. Elle feuillette *Allô police!*, son bonnet de plastique rose sur la tête. Nil entre dans la chambre, un verre de lait chaud à la main.

– Des nouvelles?

Mode marmonne une réponse négative, ce qui veut dire qu'elle ne connaît aucun des noms mentionnés dans l'hebdomadaire. C'est le seul lien qu'elle a maintenu avec son ancien milieu, en plus de son pseudonyme. Quand elle voit qu'une connaissance est morte, assassinée ou non, elle lui fait chanter une messe. Dans le cas d'une arrestation, elle demande à Nil de s'assurer que le gars ou la fille est bien traité, puis de lui faire parvenir des cigarettes, du chocolat… Il dit qu'il le fait et elle le croit. Nil l'a arrêtée plusieurs fois dans le temps, mais comme tout le monde, dans le milieu, elle le respectait parce qu'elle savait qu'il était correct; il l'est resté. Un jour, il l'a accostée sur le trottoir:

– T'es pas fatiguée de faire ça?

– J'ai pas le choix, avait-elle répondu en tendant les poignets.

— Je viens pas pour te passer les menottes. Si tu voulais arrêter de faire le trottoir, tu pourrais venir chez moi.

— Ouais… ce serait peut-être mieux que de me faire battre au poste ! T'as le goût de te faire sucer, ou bien tu veux m'enculer ?

— Ni l'un ni l'autre. J'ai seulement besoin de compagnie. J'aime pas vivre seul.

Elle avait d'abord cru qu'il lui faisait une mauvaise blague. Elle avait décliné l'invitation. Il l'avait laissée aller en lui demandant quand même d'y penser. Quelques jours plus tard, il avait renouvelé son offre.

— T'aimerais pas mieux une vraie femme ? avait-elle répliqué.

— Ç'a pas d'importance.

Elle avait accepté l'offre parce que, de toute façon, elle était arrivée au bout de la rue. Elle s'était installée chez lui très discrètement, sans poser plus de questions que nécessaire.

Ce soir, le journal ne parle que d'une autre bombe qui a sauté, dans une banque, celle-là. Elle lui demande :

— Ça va mieux ?

— On dirait que oui.

Il boit une dernière gorgée de lait et se couche. Le lit gémit pendant qu'il cherche à passer le bras autour des épaules de Mode et à appuyer sa tête dans le creux de son cou. Il n'aime pas tellement le contact du bonnet, mais elle tient à ses mises en plis. Et c'est seulement comme ça qu'il arrive à s'endormir. Mais Nil ne peut s'empêcher de penser encore au meurtre.

– Tout semble indiquer que le jeune a été empoisonné.

– Ah.

– Il est mort pendant le petit déjeuner ; ça veut dire que le poison était dans la nourriture. Dans du beurre de peanut, peut-être. C'est ce qu'il mangeait.

– Ah.

– Ça veut dire que c'était prémédité… s'il a vraiment été empoisonné ! On sera pas sûr avant de lire le rapport de l'autopsie.

– Bon. Tu t'en fais peut-être pour rien.

– Non, fais-moi confiance. On m'a raconté comment il est mort ; je vois pas d'autre possibilité que le poison.

– Oublie ça maintenant, okay, mon bébé ? Fais dodo.

Elle se colle un peu plus, le câline et, de sa main libre, lui frotte la panse. Elle a une érection…

Le Bon Dieu danse le twist

Dès les premiers jours, Daoust était venu s'asseoir à côté du Perdu à la chapelle. Au collège des Saints-Anges, la fortune était commune, ce qui ne voulait pas dire qu'on la partageait. Ceux qui ne l'avaient pas devaient payer le prix de leur distinction. Daoust avait les oreilles décollées. Le Perdu puait. Les deux étaient sans fortune. Mais Daoust avait compris plus vite. Daoust comprenait toujours certaines choses plus vite.

À la chapelle, le père Lamothe, qu'on appelait désormais Lacrotte, s'occupait du chant et battait la mesure. Il levait le nez et sa main zigzaguait dans le vide. Le Perdu ne connaissait pas la musique et n'avait pas d'oreille. Le Perdu répétait les mots latins et croyait qu'il chantait. Lacrotte croyait qu'il faisait exprès pour fausser à contretemps.

Le chant, c'était long. Comme les messes. Les bancs étaient durs.

Ce matin-là, Daoust lui montra dans son missel la photo d'un bas-relief moyenâgeux montrant le Christ assis ; l'artiste, ne sachant pas comment représenter les jambes de face, les avait sculptées pliées sur le côté ; les bras étaient grands ouverts à la hauteur du thorax. Jésus avait l'air particulièrement inspiré, mais sa position était ridicule. Alors, Daoust changea le texte du chant ; au lieu des mots latins, sur le même air, il fredonna :

« Regarde, le Bon Dieu qui danse le twi-i-ist ! »

Le Perdu pouffa de rire. Plus il regardait la photo, plus il riait. Lacrotte lui jeta un regard exaspéré sans cesser de faire aller sa main.

Au sortir de la chapelle, Lacrotte lui annonça qu'il lui enlèverait un point de discipline.

Une mauvaise nouvelle

MODE en jaquette rose, les bigoudis assortis sur la tête, est dans la salle de bain tandis que Nil mange son gruau dans la cuisine. Ils ne déjeunent jamais ensemble : elle n'aime pas que Nil la voie avec la barbe longue, alors elle le laisse se lever et attend qu'il commence à manger pour venir se raser à son tour. Mode crie :

— T'as pas ben dormi, cette nuit, tu bougeais tout le temps.

— Je le sais. Excuse-moé. Ça se peut que ce soit comme ça pendant un bout de temps.

— C'est pas grave. C'est pour toé.

— J'ai pas arrêté de jongler dans ma tête. Je pensais à l'enquête, et puis j'avais toutes sortes de souvenirs qui me revenaient.

— Bons ou mauvais ?

— Pas tellement bons. Tu sais, quand on se sent à part des autres…

— Il me semble que je le sais, oui…

— Ciboire que ça m'écœure ! maugrée Nil, en tapant sur la table.

— NIL!

— Une enquête… Puis en plus, il faut que ce soit là!

Son gruau est à peine entamé.

— Mange; ça sert à rien de te rendre malade en plus.

— Ça passe pas.

— Prends ton temps.

Il essaie encore une fois de manger. Le téléphone sonne. Mode ne répond jamais. Elle décroche le combiné et le passe à Nil. Nil écoute, répète cinq fois « Okay », puis raccroche. Il dit:

— Il a été empoisonné. Je le savais! Ils ont trouvé du poison mélangé à du beurre de peanut dans son estomac, avec de la confiture en plus.

— Ouache!

Mode revoit des scènes de sa vie avant Nil : vomissures au fond des ruelles, plaies purulentes… Elle ne déjeunera pas non plus.

— Qui penses-tu qui a fait le coup? demande Mode.

— Je le sais pas, et je veux pas le savoir…

Mode ne réplique pas.

— … mais 'faut que j'y aille quand même, fouiller, poser des questions. Ça m'écœure!

Une sauce douteuse

– Qu'est-ce que c'est que ça, 'stie, de la décharge?

C'était Trudeau qui gueulait à l'autre table, à propos de la sauce qui couvrait le pâté du vendredi soir. D'habitude, Trudeau n'était pas là le vendredi soir, mais il était puni.

– De la décharge de cochon, 'stie! relança Meloche.

– C'est la Pioche qui s'est crossé dans la cuisine!

On pouffa de rire. La Pioche, qui se trouvait trop loin pour comprendre, s'approcha et les rires reculèrent dans les gorges. La Pioche fit le vautour quelques instants, puis alla rejoindre Big Nose qui arrivait. Big Nose était le préfet. Même les sourires s'aplatirent. Big Nose s'entretint quelques minutes avec la Pioche, en balayant les tables tour à tour de son regard noir, puis repartit. La Pioche sembla oublier leur table.

Le Perdu coupa le son de la mastication en demandant tout bas :

– Qu'est-ce c'est ça, de la décharge?

Frenette et Lavergne, Daoust, Jean Martin et les autres levèrent vers lui des sourires gênés. Ce fut Frenette qui parla :

– C'est quand tu te masturbes : à la fin, il y a une sorte de jus blanc qui sort.

Le père supérieur

« P AUL ANKA est demandé au parloir ! » répète à travers le quartier l'écho d'une voix chevrotante. Le père Ducasse connaît par cœur le bottin des étudiants, mais certains jours, la fatigue lui cause des trous de mémoire. Nil Baribeau sourit. Il se souvient d'avoir joué, lui aussi, à faire appeler des célébrités par des portiers séniles.

— Monsieur Baribeau ! Je me souviens de vous.

— Vous m'avez enseigné le latin.

— Le grec ! J'enseignais le grec. C'était le père Paul qui vous enseignait le latin. Il était plus vieux que moi. Il est mort en quarante-sept.

— Vous avez une fameuse mémoire !

— Oh ! Pour les choses lointaines, oui, mais pour le quotidien, je m'y perds un peu ; c'est étrange et franchement désagréable. Mais tant que je pourrai me rendre utile, je tiens à éviter la maison de retraite. J'aimerais mourir ici. Mais vous, vous étiez déjà grand et gros, à l'époque. Ainsi, vous êtes devenu policier !

— Ouais.

– C'est un métier utile. Une femme, des enfants?

– Non : vieux garçon.

– Pourquoi ne pas avoir fait un père, dans ce cas? Je suppose que vous n'aviez pas la vocation…

– C'est ça, oui. Excusez-moi, mais le père supérieur m'attend.

– Allez-y. Vous vous rappelez le chemin?

Baribeau gravit lentement le grand escalier et prend le couloir de gauche. Il passe devant le salon rose, où les étudiants plus âgés peuvent fumer et regarder la télévision. Au-delà, il n'y a plus que des bureaux. Il frissonne.

Il est accueilli par une secrétaire, une femme habillée en femme et parfumée. Il ne se souvient pas d'avoir jamais vu une femme dans le collège, autrefois, mais il n'était jamais venu dans le bureau du père supérieur. C'est un beau bureau, avec des boiseries et une moquette rouge.

Il ne connaît pas le père supérieur. Il a à peu près le même âge que lui, s'habille en clergyman et lui fait penser au nouveau ministre de la Justice.

– On m'a dit que vous aviez étudié ici, lieutenant Baribeau.

– Oui, c'est vrai.

– Alors, je suppose que nous pouvons compter sur vous pour régler cette triste affaire avec le plus de discrétion possible.

– Dans mon temps, il y avait des pots de confiture sur les tables. Cette triste affaire aurait pu causer une hécatombe.

– Il en était encore ainsi il y a quelques années, mais, vous savez, les jeunes d'aujourd'hui n'ont pas le même respect de la nourriture. Et ces portions individuelles emballées dans le plastique sont tellement plus pratiques. Ne peut-on envisager un... défaut dans la fabrication des tartinades?

— J'ai vérifié. On n'a jamais utilisé de produits toxiques à une quelconque étape de la fabrication. Les casseaux sont remplis à la machine. Il n'y a jamais eu le moindre problème. Je suis désolé, père, mais quelqu'un dans le collège a empoisonné un casseau de beurre d'arachide, et il l'a fait en pleine connaissance de cause. Il va falloir que je passe du temps au collège.

— Allez-vous interroger les jeunes?

— Ça m'étonnerait que je puisse faire autrement. Ce Trudeau, quel genre d'étudiant était-ce?

— Spencer-Trudeau, en fait. Vous connaissez cette famille? Il y a le fameux cabinet d'avocats, bien sûr, mais ils possèdent aussi une distillerie, une équipe de football; ils sont très proches du pouvoir...

— Ce serait bien surprenant que le mobile de ce meurtre ait été d'attaquer la famille. Je vous demandais quel genre d'étudiant il était.

— Oui, j'y venais... Eh bien, à vrai dire, pas des meilleurs. D'abord, il refait, refaisait pardon, ses Éléments latins. C'était un pensionnaire de type B, c'est-à-dire qu'il sortait toutes les fins de semaine — quand il n'était pas puni!

— Puni pour quoi?

— Le père préfet pourrait mieux vous renseigner. Le seul incident qui me revienne, mais c'est un gros, c'est celui des vitres brisées, à l'automne.

— C'est arrivé comment?

– Une folie de jeunesse, sans doute. Il s'est amusé à viser les fenêtres avec des balles de crosse et en a fracassé une vingtaine!

– C'est plutôt grave. Qu'avez-vous fait?

– Nous en avons avisé les parents, bien sûr. Ils se sont d'ailleurs engagés à lui faire rembourser tous les dégâts. Mais vous verrez ça dans son dossier, et pour plus de détails, encore une fois, le père préfet est à votre disposition.

– Je lui parlerai plus tard, mais je vais d'abord aller au laboratoire d'histoire naturelle.

– Ah! Pourquoi donc?

– Vérifier quelque chose.

– Comme vous voulez. Le père Chassé se mettra aussi à votre disposition. C'est un esprit brillant, mais, comme tous les scientifiques, il est quelque peu distrait. Je ne suis pas sûr qu'il vous sera utile.

Devant le miroir

L E PERDU regardait Jean Martin passer et repasser le peigne dans ses cheveux brillants comme de la tire de la Sainte-Catherine. Jean Martin avait le nez court, légèrement retroussé, et des yeux d'écureuil. Lacrotte s'adressait toujours à lui sur un ton particulièrement gentil. Jean Martin passait beaucoup de temps devant les miroirs à coiffer sa chevelure lisse et abondante. C'est que Jean Martin avait un grand frère qui admirait Elvis.

Le Perdu, lui, quand il était enfant, se faisait dire qu'il avait une tête de petit Saint-Jean-Baptiste; maintenant, on lui disait qu'il avait les cheveux comme du poil de pubis, et des pellicules tombaient sur le col de son veston marine. Il avait, depuis toujours, l'habitude de se coiffer en tirant d'un coup ses cheveux sur le côté. Voulant faire comme les autres, il devait, pour maintenir ses cheveux en place, utiliser beaucoup de brillantine et les pellicules restaient collées à la surface.

Jean Martin donna un coup de mouchoir sur ses souliers en suède et demanda :

— Tu t'es jamais crossé, toé?

— Quoi?

— Crosser… masturber, si tu préfères?

— Bien… euh…

— Oui ou non?

— Bien non.

— Je gage que tu sais même pas comment!

« Masturber » était pour lui un mot nouveau, mais il hésitait à l'avouer, même si Jean Martin ne lui semblait pas hostile.

— Faut que tu essayes ça, dit encore Jean Martin.

Jean Martin lui expliqua comment procéder. Il l'écouta.

— Hé! Ça va faire les petits secrets dans les toilettes! gueula Trudeau, qui arrivait, suivi de Meloche.

Jean Martin s'interrompit et recula d'un pas. Il n'y avait personne d'autre dans les toilettes, mais Trudeau passa tout de même entre Le Perdu et Jean Martin pour se rendre au lavabo. Il s'arrêta et regarda le Perdu un instant :

— Ouache! As-tu vu les pellicules? C'est écœurant! Quel lavabo tu as pris, que j'en prenne un autre?

Le laboratoire

BARIBEAU pousse doucement la porte du laboratoire. C'est comme pousser la porte du temps. Au-delà, il n'y a que le silence et des odeurs organiques, hormis un bruit feutré qui signale la présence du père Chassé. Baribeau reconnaît les hautes armoires vitrées sur lesquelles sont perchées des bêtes immobiles, qui jettent sur lui de mauvais regards de verre. Il fait quelques pas et s'arrête : dans son bocal de formol, l'embryon jaune n'a pas bougé. Baribeau retrouve dans sa gorge la boulette qui s'y était logée une quarantaine d'années plus tôt, quand il avait vu pour la première fois ce cadavre que l'on disait humain.

Dans un faisceau lumineux doré de poussière, à travers les étagères qui délimitent une espèce de bureau, il entrevoit la frêle silhouette du père Chassé. Vieux, courts, avec des petites têtes chauves et roses comme des cocos de Pâques, des lunettes sur le bout du nez, les pères de laboratoire se ressemblent tous.

Le père lève les yeux vers la charpente de Nil qui vient de le plonger dans l'ombre.

– Bonjour, dit-il en reprenant son travail de rangement.

Il manipule éprouvettes et bocaux sans faire tinter le verre. Baribeau tourne les yeux vers la grande table où d'autres instruments attendent. Il en prend quelques-uns et vient les ranger.

– Merci ! Vous faites ça comme si vous aviez l'habitude !

– … c'est ici que j'ai passé les meilleurs moments de… de mes études. Rien n'a changé.

– Oh ! Je vois. Vous êtes ce policier dont on parle ces jours-ci.

– Oui.

– Quelle terrible fin pour ce pauvre garçon !

– Vous le connaissiez ?

Le père Chassé, qui a fini de tout ranger, lève sur lui un œil embarrassé. Il s'assied derrière un bureau encombré, prend une pile de cahiers et un crayon rouge, comme s'il n'avait pas l'intention de répondre. Il tripote les cahiers puis, poussé dans ses derniers retranchements par l'attente silencieuse du policier, il répond enfin :

– Non. Les élèves de Syntaxe n'ont pas de cours au laboratoire et je ne les connais pas, sauf ceux qui viennent fouiner ici, ou m'aider par plaisir.

Baribeau avait été de ceux-là.

– Il était en Éléments latins, qu'il doublait, rectifie le policier.

– C'est vrai… mais c'est la même règle que pour la Syntaxe qui s'applique. En autant que les garçons ne viennent pas pendant les cours, je ne les renvoie jamais. Il y a toujours de jeunes vocations qu'il faut entretenir.

— Scientifiques ou religieuses? demande Baribeau, qui n'a jamais eu de vocation quelconque et qui venait autrefois en ce lieu parce que c'était le seul où il se sentait un peu à l'aise.

— Parfois les deux! Mais pour ce qui est de ce petit Trudeau, d'après ce que j'en ai entendu dire, ce n'était guère le genre, dans un cas comme dans l'autre, mais c'est à Dieu de le juger, pas à nous.

— Qu'avez-vous entendu à son sujet?

Le père pose le bout de son crayon sur ses lèvres.

— Je parle peu des jeunes avec mes confrères, mais j'attrape des bribes, inévitablement. J'ai entendu son nom dans des conversations de garçons… mais je ne saurais vous en dire plus. Vous devriez en parler au père préfet plutôt qu'à moi.

— Oui. En fait, je suis venu ici parce que, dans une de ces armoires, si je me souviens bien, on avait coutume de garder du poison. La porte trente et un, non?

— Ma foi, oui! C'est bien la porte trente et un! On ne s'en sert plus guère, vous savez; on congèle plutôt les insectes pour les tuer sans douleur.

Baribeau ouvre la porte, pas plus grande qu'une couverture de livre. L'armoire est vide.

Le premier péché

À LA MAISON, le Perdu ne prenait son bain que le samedi soir, à sept heures trente. Il n'y avait pas de douche et même après son entrée au collège des Saints-Anges, les fins de semaine de sortie, il jouait au sous-marin dans la baignoire. Quand l'eau refroidissait, il se séchait, enfilait son pyjama et trottait sur le prélart froid jusqu'au divan du salon, où il se blottissait avec les autres pour regarder le hockey à la télévision. Il y neigeait comme il neigeait dehors, sur les maisons serrées, sur les usines et sur le port.

Au collège des Saints-Anges, il y avait des douches alignées dans une salle jaune contiguë au dortoir. Au début, le Perdu n'avait pas très bien saisi à quel moment elles étaient accessibles et, quand il l'avait compris, comme il prenait trop de temps à se préparer, il lui fallait le plus souvent revenir à son lit pour l'extinction des lumières, sans s'être lavé.

Ce soir-là, il s'installa tout de suite dans une cabine libre. Il ouvrit la douche et, sous l'abri des jets paresseux, il prit son sexe dans sa main et fit comme Jean Martin le lui avait expliqué. C'était la première fois que son sexe se durcissait sur commande. Il en fut terrifié. L'odeur spongieuse des douches l'écœurait. Il continua, néanmoins. Il s'accroupit, puis s'assit, sans faire cesser le mouvement de sa main.

Et cela se produisit, comme Jean Martin le lui avait prédit! Une grande secousse! Il n'eut pas le temps de trouver si la chose était plaisante ou douloureuse, quelqu'un frappait à la porte de la cabine.

— 'Stie, le Perdu! fit Trudeau, en constatant qu'il n'aurait pas le choix d'utiliser une autre cabine. J'espère que t'as pas laissé ta puanteur!

Lui ne répondit pas. Il se dépêcha d'aller se cacher sous ses couvertures en souhaitant que les lumières s'éteignent au plus tôt.

Il passa la pire nuit de sa vie, à cause de Dieu, qui ne dansait plus le twist. Il n'arrivait pas à nier l'évidence : il venait de commettre un gros péché, peut-être même un péché mortel!

Des histoires de chasse

MODE veut savoir pourquoi il y avait du poison au laboratoire. Nil lui répond que c'était pour la chasse aux insectes. Derrière le collège des Saints-Anges se trouvait un petit bois. Les étudiants qui le désiraient pouvaient enrichir la collection du laboratoire avec des insectes qu'ils y attrapaient dans des filets profonds. Il était facile d'amener la capture à se réfugier au fond du filet sans l'endommager. Ensuite, on faisait pendre le fond du filet dans le bocal, puis on posait le couvercle dessus. Au fond du bocal, il y avait le poison, sous forme d'une pâte brune qui sentait très fort. La petite bête ne se débattait pas longtemps.

Mode se rappelle que, quand elle était petite, les enfants de son voisinage organisaient des parties de chasse aux taons. Ils perçaient les couvercles de vieux bocaux de confitures et couraient jusqu'à un terrain vague où ils cherchaient les taons parmi les chardons. Ils s'en emparaient en manœuvrant les couvercles et les bocaux comme des gueules. Dans les bocaux, on avait au préalable placé du feuillage pour que les taons puissent y vivre, mais ils y périssaient lentement d'inanition ou de cuisson, abandonnés sur une galerie dans leur prison de verre, au grand soleil. Mode, elle, ne chassait pas les taons. Dans les buissons, elle découvrait un à un, à ses risques et périls, tous les secrets de l'art de baisser sa culotte. Passé ce fugace souvenir, Mode en revient à l'histoire de Nil :

— Mais est-ce que c'était un poison si dangereux? demande Mode.

— Oh oui! Je m'en souviens... Le collège des Saints-Anges avait — il doit l'avoir encore — une base, dans le nord, au bord d'un lac, un grand chalet avec des dortoirs. J'y suis allé une fois, en mai ou en juin, avec ma classe. On ramassait des plantes, des feuilles, des insectes... Un soir, il y avait un gars, au bord du lac, je me rappelle plus son nom, mais il était du genre baveux... Ça faisait quelques jours qu'il ramassait des insectes avec son petit pot de poison. Il a dit : « Je suis écœuré de courir après des maudites bibittes! » Il a enlevé le couvercle puis il a lancé le pot dans l'eau. Eh bien! Le lendemain matin, quand on est revenus pour faire notre toilette, c'était pas croyable... Le lac, Mode, je te jure, était couvert de poissons morts!

— Hein?

— Bien... couvert... En tout cas, il y en avait des centaines, mettons un par verge carrée, des petits surtout, des crapets, des perchaudes, des truites...

— Qu'est-ce que les pères ont fait?

— 'Souviens plus... Quelqu'un a bien dû les ramasser, ou bien ils sont passés dans la décharge du lac...

– Non, je veux dire, est-ce qu'ils ont puni ton camarade ?

– C'était pas mon camarade, j'en ai jamais eu aux Saints-Anges… Mais je sais pas… Je crois bien que personne a rien dit. De toute façon, quand t'es fils à papa…

La confession

L E PÈRE DION était un petit homme au nez aquilin avec une crête de cheveux roux. Il enseignait les Épîtres de saint Paul et était le directeur spirituel du Perdu. Il était permis de choisir son directeur spirituel, mais le Perdu l'avait compris trop tard. Comment aurait-il pu choisir, de toute manière?

— Est-ce que tu as des problèmes avec ta pureté? lui avait demandé le père, lors de leur première rencontre.

Il avait répondu que non, ce qui était vrai, d'autant plus qu'il ne savait alors que vaguement de quoi il s'agissait.

Les choses avaient changé. Désormais, il était conscient de faire partie des impurs mais était incapable de l'avouer au père Dion. Celui-ci, en le recevant dans sa cellule, le fixait avec l'air d'attendre qu'il vide son sac au plus tôt pour les libérer tous deux d'une corvée.

— À confesse, lui avait encore dit le père Dion, tu n'as qu'à t'accuser d'avoir fait couler ton corps. Le confesseur va comprendre.

Le jour de la confession, il choisit un confessionnal où il avait vu entrer un vieux père qu'il ne connaissait pas et y entra à son tour. Quand le volet glissa derrière le grillage, après avoir récité son acte de contrition, il prononça la formule : « Je m'accuse d'avoir fait couler mon corps. » Il s'accusa aussi d'avoir menti, comme il le faisait depuis toujours, que ce fût vrai ou non. Il avait aussi l'habitude de s'accuser d'avoir désobéi à ses parents, mais depuis qu'il était pensionnaire, cela n'avait plus guère de sens. Le vieux père lui donna l'absolution par une autre formule.

Il sortit du confessionnal et vint s'asseoir à côté de Jean Martin. Ce dernier lui demanda tout bas : « T'es-tu accusé de t'être masturbé ? » Il ne répondit rien. Ce n'était pas parce que Trudeau ou Meloche, assis deux rangées plus loin, auraient pu l'entendre ; c'était à cause de Dieu, dont l'omniprésence et la toute-puissance venaient de le saisir. Il avait déjà éprouvé cette sensation, mais pour la première fois, il ne pouvait nier qu'il avait peur. En principe, Dieu lui avait pardonné, mais il restait la question du sincère repentir. Il se calma en songeant que l'important était de ne pas recommencer.

Il recommença le soir même, puis le lendemain midi, et encore le soir suivant. Et il aurait continué à ce rythme — car il trouvait cela meilleur à chaque fois – si la peau de son sexe, juste sous le gland, ne s'était fendillée et n'avait commencé à saigner.

Puisqu'il le faut...

Mode a mal dormi cette nuit, pas tellement à cause de Nil, mais parce que son derrière, endommagé par la vie qu'elle a menée, la faisait souffrir. Il faudra la faire soigner à New York ou à Toronto ; cela coûtera cher, mais Nil veut l'envoyer là où personne ne les connaît. Il économise. À sa retraite, il pourra trouver un emploi de gardien et alors, ça ira vite, pourvu que le mal ne soit pas allé plus vite encore. Il n'a que ça en tête, mais comme il arrive au bureau du supérieur, il doit se concentrer sur cette maudite enquête.

Grâce à la collaboration du père Chassé, il a pu dresser la liste d'une douzaine de jeunes qui fréquentaient le laboratoire et il veut informer le supérieur qu'il aura bel et bien à déranger ces étudiants.

Cependant, le père supérieur n'admet pas d'emblée qu'il y ait relation causale entre la disparition du poison et la mort de Spencer-Trudeau. Il y avait peut-être longtemps que ce poison n'était plus dans cette armoire. L'hypothèse de l'accident lui paraît toujours la plus vraisemblable ; si le fabricant de beurre d'arachide n'utilise pas de produit dangereux, il faudrait remonter à ses fournisseurs.

— Mais selon le rapport d'autopsie, insiste Baribeau, c'est un mélange analogue à du poison à insectes qu'on a trouvé dans l'estomac de la victime.

— Analogue ne signifie pas identique! Il y a tant de poisons, tant de mélanges, que tout finit par se ressembler. On n'a pas la formule de ce poison à insectes, n'est-ce pas?

— Non, mais selon notre spécialiste, il n'y a pas tant de possibilités…

— Ce mélange date de Mathusalem. On ne s'en servait plus depuis qu'on tue les insectes par congélation, ainsi que vous l'avez appris. Qui peut savoir alors ce qu'il contenait vraiment? Le père Chassé ne le sait pas lui-même, et il ne sait pas davantage où on se l'était procuré; il a peut-être été composé ici-même avec les moyens du bord! On serait sans doute surpris de constater qu'il n'y a qu'un très vague rapport entre ce produit et celui qui a tué Trudeau…

— … mais je ne peux pas négliger cette piste…

— … bon! Faites à votre guise. Après tout, c'est votre métier. Mais, puisque vous avez étudié ici, vous savez à qui vous avez affaire… Permettez-moi tout de même de vous rappeler que nous comptons dans notre effectif les fils de quelques éminents magistrats.

— Je sais, dit Baribeau.

— Est-ce que je peux jeter un coup d'œil sur cette liste?

— Bien sûr.

— Je ne vois là que des garçons tranquilles, affirme le père supérieur. Sauf lui, peut-être… mais vous verrez ça avec le père préfet.

Baribeau n'a aucune envie d'entrer dans le bureau du père préfet. Pourtant, il avait été un étudiant discipliné. Il se sent minuscule et plein d'appréhension, assis sur le banc, à la porte du bureau. Elle s'ouvre enfin. Sort un garçon dégingandé avec les yeux rougis. Le père préfet fait signe à Baribeau d'entrer. C'est un homme bien bâti, mais aux épaules voûtées, au teint pâle, au nez long comme un fer de hache et au regard de carbone.

Le Perdu chez le préfet

LA PREMIÈRE FOIS que le Perdu s'était retrouvé dans le bureau du père préfet, dit Big Nose, ce n'était pas de sa faute. À la petite école, il arrivait à faire presque tous ses devoirs — un peu en rentrant de l'école, avec un ami ; un peu le soir. De toute manière, ses notes étaient bonnes. Au collège des Saints-Anges, les périodes d'étude étaient fixes et les devoirs longs et multiples. On n'en venait à bout qu'en se mettant immédiatement au travail et en ne perdant pas une minute. Le Perdu aurait bien voulu faire de même, mais le murmure des plumes qui soufflait sur l'étendue silencieuse de la grande salle l'emportait à la dérive. Il oubliait les mots des versions latines pour devenir Romulus ; il oubliait les Actes des Apôtres pour devenir Paul ; il oubliait l'algèbre pour d'impromptues et douloureuses érections… Tout à coup, un orage de cris s'était abattu sur lui :

« ENCORE EN TRAIN DE RÊVER ! TU N'AS MÊME PAS ÉCRIT TROIS LIGNES ! VA CHEZ LE PRÉFET ! »

Le surveillant avait dû répéter l'ordre trois fois. Lui entendait les mots sans en comprendre le sens.

Le surveillant était un Belge grand et carré, et ses invectives tombaient comme un couperet de boucher sur un serpentin de boudin. Quand le Perdu s'était rendu compte qu'il devait obtempérer, il s'était dirigé vers les portes qui se trouvaient au fond de la salle, passant entre les rangées peuplées de centaines d'yeux dérangés. Il avait aperçu Trudeau et Meloche qui riaient sous cape, Daoust qui s'efforçait de finir son devoir, Frenette et Lavergne, interrogateurs, enfin Jean Martin, qui lui avait adressé une moue amicale.

Les portes refermées, il était resté immobile dans le silence accusateur du couloir. Il avait fini par se rendre à l'évidence. Il avait pris le chemin du bureau, accompagné seulement par l'écho de son pas.

Il s'était assis face aux portes closes. Le mur, à sa droite, était occupé par des cabines téléphoniques, dans l'une desquelles il allait presque chaque soir appeler sa mère. Après avoir déposé dix cents et composé le numéro, il laissait sonner trois coups, raccrochait vite et reprenait la pièce rejetée. Reconnaissant le signal, sa mère, à l'autre bout de la ville, composait aussitôt le numéro de la cabine. Il répondait et, pendant quelques minutes, la sombre réalité du collège des Saints-Anges s'estompait, sans frais.

Il se morfondait devant l'appareil qui ne lui apportait nul secours, quand la porte s'ouvrit sur la silhouette noire du père préfet. Ce dernier exhala vers lui un soupir d'exaspération.

– Entre.

Le bureau était profond. Le préfet s'assit ; lui resta debout. Après une hésitation, il croisa les mains derrière son dos. Le préfet scrutait un dossier en respirant bruyamment. Le Perdu se dit que c'était peut-être un effet sonore produit par l'énormité de son nez. À travers un store vénitien, il vit qu'il pleuvait. La pluie l'apaisait.

— Alors ? fit le préfet.

Le Perdu sursauta. Le préfet joignit les mains sous son menton et cloua son regard sur lui.

— Alors ? Tu n'as rien à dire ?

Lui sentit sa gorge se serrer.

— Bon ! Puisque tu n'as rien à dire, je suppose que le surveillant a raison : donc, tu ne fais rien, tu perds ton temps.

Le préfet fit une nouvelle pause ; il s'irritait. Le Perdu en était conscient, mais nul mot ne sortait de sa bouche et il était sûr que s'il desserrait les lèvres, il éclaterait en sanglots.

— D'après ce que je peux voir, tes premiers résultats ne sont pas brillants. Il va falloir que cela change, mon garçon ! Un baccalauréat, cela ne s'obtient pas tout seul. Est-ce que tu le veux vraiment, ton bac ?

Le Perdu fit oui de la tête, bien qu'il n'eût pas vraiment conscience encore d'être un si piètre étudiant.

— Tu n'as pas l'air très convaincu. Tout le monde veut un bac, c'est sûr ! Mais est-ce que tu le veux assez pour faire ce qu'il faut, pendant huit ans ?

Le Perdu n'était plus sûr de rien.

— Bon. Puisque tu as perdu la parole, tu viendras écrire samedi après-midi. Et d'ici là, que le surveillant d'étude ne me rappelle pas, sinon…

Le préfet baissa la main droite, ouvrit lentement un tiroir et en tira un objet qu'il ne lui fit voir que quelques secondes : c'était une épaisse bande de caoutchouc de quelque trois pouces de largeur par une quinzaine de longueur. Le Perdu voyait cet objet pour la première fois, mais il sut tout de suite à quoi cela servait.

Baribeau chez le préfet

APRÈS L'ÉLIMINATION des cas évidents, il reste une demi-douzaine de noms sur la liste. Les quatre premiers, selon le préfet, sont sans intérêt.

– Daoust n'est pas un mauvais garnement non plus. Ses résultats sont excellents et c'est, dit-on, un passionné de sciences. Le seul gros problème vient de ce que nous avons souvent de la difficulté à percevoir sa pension. Ses parents ont de toute évidence choisi une institution au-dessus de leurs moyens. Il y aura des décisions pénibles à prendre, éventuellement.

– Et lui ?

– Ah ! Lui…

Le préfet se frotte le nez avec son poing, hoche la tête :

– Le Perdu, comme les jeunes l'appellent… Ses parents paient sans retard, mais il n'est pas à sa place ici. Je ne suis même pas certain qu'il sera parmi nous l'an prochain.

– Qu'est-ce qui ne va pas ?

– Beaucoup de choses. D'abord, ses notes. D'après ses professeurs, c'est un garçon intelligent, mais il ne fournit pas d'efforts. Vous avez étudié ici, vous savez que nous sommes exigeants, nous formons l'élite de demain. Il est bien entendu qu'un étudiant de condition modeste est désavantagé au départ, mais avec beaucoup de travail, nous lui offrons l'occasion de s'élever... Vous allez bien?

Baribeau est blanc comme un drap. En son for intérieur, une avalanche de jurons ensevelit le père préfet.

— Je pourrais avoir un verre d'eau?

— Mais bien sûr.

Le préfet pousse un bouton et commande l'eau.

— Je pense que je couve quelque chose, dit Baribeau. « 'Ostie! que ça m'écœure! » ajoute-t-il en pensée.

La porte s'ouvre et entre une femme sèche mais allègre, portant un plateau avec une carafe et un verre qu'elle pose sur le bureau. Le préfet la remercie avec un sourire dans lequel Baribeau croit déceler quelque chose comme de l'affection. Puis il boit. L'eau froide lui fait du bien.

— Ça va mieux?

— Oui, répond Baribeau.

Ce n'est pas tout à fait vrai. La douleur dans son bras gauche l'élance comme jamais.

— Qu'y a-t-il d'autre qui ne tourne pas rond avec ce garçon? demande-t-il pour en finir.

— Mauvaise conduite... Pas de gros mauvais coups encore, qu'on sache, mais son dossier est épais.

Les premiers coups

L E PERDU ne s'endormait jamais facilement. Il s'ennuyait de son lit; ceux du dortoir grinçaient quand on bougeait. Il ne pouvait pas y partir à l'aventure. Il devait rester immobile dans l'attente du sommeil. Le secret de sa petite chambre lui manquait.

Il s'endormait toujours après que la Pioche, qui couchait dans une chambre séparée, eut fait sa dernière tournée et éteint sa lumière. Souvent, personne ne dormait. On entendait des chuchotements, des rires, parfois même quelqu'un criait une obscénité. Cela réveillait la Pioche, qui se mettait à arpenter le dortoir, braquant le faisceau de sa lampe sur les visages. Quand la Pioche ne se réveillait pas tout de suite, les choses avaient tendance à dégénérer.

Quand on avait besoin d'une victime, c'était toujours le Perdu qu'on choisissait. Une fois, Trudeau s'était faufilé jusqu'à son lit et lui avait versé un verre d'eau sur la tête. Il ne l'avait pas vu, mais il avait reconnu son rire. Une autre fois, Trudeau encore, et sa bande l'avaient entouré, avaient tiré son lit dans l'allée centrale, avec lui dedans, puis l'avaient laissé là. Il avait dû repousser son lit jusqu'à sa place, sous les quolibets, en faisant semblant de trouver cela drôle. Heureusement, Jean Martin s'était levé pour l'aider. « Fifi! » avait crié quelqu'un.

Enfin, un soir, entre les rires étouffés, il entendit un bruit étrange : on eut dit une minuscule chute d'eau, qui se déplaçait vivement selon une trajectoire incohérente et marquée d'arrêts. Il s'assit dans son lit, cherchant à voir. Tous les garçons semblaient participer au jeu.

Or, le bruit se dirigea vers lui et buta contre son armoire.

« Renvoie! » lui criait-on de partout.

Il se pencha et, en tâtonnant, trouva une masse informe qui se dérobait sous ses doigts. Il parvint à saisir l'objet et à l'approcher de ses yeux. Il le tenait à deux mains mais la masse, à la fois ferme et fluide, cherchait sans répit à retourner au sol.

Pour ne pas casser le jeu, il relança la chose mais, juste au moment où cela quittait sa main, un jet de lumière l'aveugla : c'était la lampe de la Pioche. Le ballon gonflé d'eau avait poursuivi sa trajectoire pour retrouver le sol tout juste aux pieds du surveillant... et éclater!

Le Perdu fut d'abord surpris de constater que la vie continuait dans le collège, alors que le dortoir était plongé dans la nuit. Il y avait de la lumière dans les couloirs et il croisa des pères inconnus; il vit un gros bonhomme en salopette appuyé sur une vadrouille; il entendit les éclats d'une discussion en passant devant le salon rose, d'où s'échappait une suffocante odeur de tabac. Il allait vite, essayant de passer inaperçu, mais où aurait-il pu trouver refuge, en pyjama, pantoufles et peignoir, sinon dans l'antichambre de son supplice?

Au bureau, seule la porte du préfet était éclairée. Il s'assit sur le banc de bois. Les téléphones semblaient endormis. Il aurait voulu appeler à la maison qu'il n'aurait pas pu, parce qu'il n'avait pas de pièce. À cette heure, sa mère devait être assise contre son père, au salon, devant la télévision, son châle sur les épaules, les mains occupées par un tricot. Non; puisqu'on était lundi, jour de la lessive, elle devait plutôt achever de repasser dans la cuisine, en écoutant la radio. Il aurait voulu s'envelopper dans l'odeur du linge propre et chaud, mais la porte du préfet s'ouvrit et un soupir accusateur se fit entendre.

Sitôt assis, le préfet se frotta le nez plusieurs fois. Il était de méchante humeur.

— Alors, non content de perdre son temps le jour, on fait le fou la nuit?

Le préfet fit une pause. Lui ne trouvait rien à dire. Il était certain que toute tentative de défense ne servirait qu'à alimenter les remontrances du préfet.

— On est responsable de ses actes, poursuivit d'ailleurs le préfet. Tu es ici parce que tu veux faire partie de l'élite, mais cela ne comporte pas que des avantages! On est plus exigeant envers l'élite qu'envers le *vulgum pecus*. Et tu auras besoin de toute ton énergie pour obtenir ton bac, surtout que tes notes, jusqu'à maintenant, ne sont pas fameuses. Est-ce que tu te rends compte de la chance que tu as d'étudier ici ?

Cette fois, il fit oui de la tête.

— Et c'est comme cela que tu mets cette chance à profit, en lançant des ballons gonflés d'eau à travers le dortoir ?

Il baissa les yeux.

— Heureusement pour toi, le frère surveillant a été assez bon de prendre ta défense ; il ne croit pas que tu aies fait exprès de l'arroser, autrement, la punition aurait été plus grave.

Il regarda le préfet ouvrir un tiroir à sa droite et en sortir la courroie. Il se surprit à ne pas avoir peur. Il avait cent fois entendu parler de la strappe et s'était fait à l'idée que c'était son destin de la subir.

Maintenant, elle était là, pendante dans la main du préfet qui se tenait droit devant lui et soupirait comme s'il était profondément désolé, mais son regard restait noir et fixait sa main à lui, qu'il immobilisa en serrant son poignet dans ses grands doigts osseux. Le bras se leva et la courroie s'abattit en sifflant. Le Perdu s'attendait à un claquement, un choc ; il n'y eut qu'une caresse, une douleur silencieuse et uniforme. Il décida d'attendre pour pleurer, étonné d'être subitement maître absolu de lui-même. Pendant que le feu dans sa main droite devenait braise, le préfet prit sa main gauche et fit cingler une nouvelle douleur, puis il revint à la main droite, et ainsi de suite. Les coups se succédaient mécaniquement. La douleur était insupportable et pourtant il la supportait. Le préfet n'existait plus, ni le collège, il n'y avait que lui et sa douleur, et il la dominait.

Après une douzaine de coups, il jugea qu'il pouvait émettre un sanglot. Le préfet s'arrêta, tout en le regardant avec une rage perplexe. Il ne croyait pas à ce sanglot, mais il ne pouvait pas continuer à frapper. Il lui fallait garder des réserves. Il savait qu'il avait perdu.

— Bon, ça ira pour cette fois. Retourne te coucher et essaie de réfléchir. Ne crois pas que j'aime ça, faire ça… Et demande donc à Dieu de te pardonner et de t'aider.

Dans le couloir, le Perdu exposa ses mains à la lumière. Elles étaient rouges comme s'il avait joué dans la neige sans mitaines. La douleur ne diminuait pas ; peut-être même augmentait-elle. Il ferma lentement les poings et les glissa dans les poches de sa robe de chambre.

Dans son lit, il se recroquevilla et plaça ses mains entre ses jambes, entourant ses organes génitaux. La chaleur lui fit du bien, avec le plaisir en contraste. Il entendit un bruissement. C'était Jean Martin qui avait rampé jusqu'à lui.

— Est-ce qu'il t'a donné la banane ?

— Oui.

— Puis ?

— Ce n'est pas si terrible.

— Viens-tu aux toilettes ?

— Non.

Une autre confession

Il n'y a pas d'étudiant au laboratoire. Le père Chassé, debout près d'une table, les mains sur un incubateur rond, sursaute légèrement en constatant la présence de Nil Baribeau.

— Bonjour, lieutenant, fait-il tout en achevant de refermer l'appareil. Je viens de retourner les œufs pour la dernière fois.

Baribeau n'est pas surpris que le père Chassé ait reconnu son pas, mais pourquoi semble-t-il nerveux ? Le policier regarde, à travers le hublot, les quelques œufs visibles, baignés de lumière pourpre.

— C'est le même incubateur que dans mon temps.

— C'est un appareil efficace, mais très simple. Pourquoi en changer ? Je passe pour être un peu maniaque, mais j'ai beaucoup de difficulté à jeter quelque chose qui peut encore servir. Nous attendons le premier poussin dans deux jours. C'est toujours un beau moment, l'éclosion, surtout pour les plus jeunes, mais les grands se laissent attendrir aussi. Il y a tout Dieu, dans le passage entre cet univers hermétique et cette vie fragile, vous ne trouvez pas ?

Baribeau note, dans la voix grêle du père, une gravité discordante.

— Oui... dit le policier. J'ai déjà pensé quelque chose comme ça, mais tous ces poussins si tendres vont devenir des volailles bêtes et méchantes.

— En effet... Il est plus difficile de voir Dieu dans un coq, et pourtant... Vous avez perdu la foi ?

— ... Disons que j'ai cessé de la chercher.

— Vous n'étiez pas obligé de répondre... La foi se perd.

— Les églises sont toujours pleines.

— Il ne faut pas confondre les rites et la foi. On peut porter tous les apprêts de la foi sans l'avoir, vous savez...

— Vous ne parlez pas pour vous, j'espère ? demande le policier.

— Qui sait ? Nul n'est à l'abri du doute.

Un silence d'œufs... puis Baribeau en vient au fait :

— Je suppose que vous n'avez pas retrouvé le poison.

— Hélas non ! J'ai demandé l'aide de quelques étudiants de philo ; ils ont fouillé toutes les armoires en vain. Il s'y trouvait bien des vieilleries, mais ce petit bocal de poison semble avoir bel et bien disparu. On en est quitte pour le ménage. Un seul étudiant se souvient d'avoir utilisé cette maudite substance, mais c'était il y a au moins deux ans. D'après lui, le produit était encore efficace.

— Quelqu'un aurait-il pu le ranger dans un endroit moins accessible ?

– J'espère bien que non ; on ne doit rien déplacer sans que je le sache.

– Vous-même, alors ?

– Non plus. Il est vrai que je suis très distrait, mais pas pour ce genre de chose.

– Vous auriez pu le jeter.

– Vous n'y pensez pas ! Un produit tellement dangereux !

Le père Chassé débranche l'incubateur.

– Je préfère le garder dans mon bureau. Je me méfie de la curiosité de la jeunesse. Des manipulations ou des changements de température pourraient leur être fatals.

– Laissez-moi donc vous aider…

– Non ! répond le père presque brusquement. Je… je suis un peu maniaque. C'est si délicat.

– Comme vous voulez…

– Avez-vous cherché le poison ailleurs ? demande le père, dans le bureau, en rebranchant l'incubateur.

– J'ai pensé organiser une fouille systématique des casiers et des armoires, mais vos supérieurs s'y opposent.

– La réputation du collège passe avant bien des choses.

– Par ailleurs, une telle fouille n'est pas essentielle. Le coupable a dû se débarrasser du bocal ; dans le cas contraire, il ne l'a sûrement pas caché dans ses affaires.

– Ce ne serait pas prudent, en effet, acquiesce le père.

– À moins qu'il ne se soit pas attendu à ce qu'on établisse un rapport entre cette mort et ce fameux poison.

— Je crois bien que sans vous, personne n'aurait pensé à ce vieux bocal. Je suppose que la faculté d'établir ce genre de lien est une grande force pour un enquêteur.

Baribeau regarde sans rien dire le père Chassé, qui a ouvert une armoire dans laquelle il choisit des flacons. Le père se retourne et le fixe un instant. Quand Baribeau réfléchit, il affiche un sourire idiot.

— À quoi songez-vous?

— Je peux vous faire une confession, mon père?

— Une confession! Vous êtes sérieux?

— Oui! Un péché d'intention…

— Un… Ici, comme ça? Je n'ai plus l'habitude…

— Vous êtes prêtre.

— Bien sûr, mais il y a longtemps que je ne confesse guère que des masturbations de garçon… Mais allez-y, je vous écoute.

— Ne dois-je pas réciter l'acte de contrition?

— Vous en souvenez-vous?

— Euh… pas très bien.

— Alors, finissons-en! Qu'est-ce que c'est que ce péché d'intention?

— Je l'ai commis ici même, aux Saints-Anges, dans ce laboratoire…

— Continuez.

— Comme vous le voyez, mon père, je suis plutôt bien bâti. Franchement, de toute ma vie, je peux dire que je n'ai jamais eu peur de qui que ce soit. Je ne suis pas un dur ni un violent, mais je viens de la campagne, de la nature, et j'ai appris tout petit qu'il ne faut pas hésiter à se défendre. On m'a toujours dit que les hommes sont comme les animaux, qu'ils respectent ce qu'ils croient être plus mauvais qu'eux. Ça fonctionne. Je n'étais pas tellement à ma place aux Saints-Anges. Il y en a qui ont essayé d'en profiter, mais je n'avais qu'à faire un pas dans leur direction pour qu'ils se la ferment.

— C'est ça, votre péché d'intention ?

— Non, ça, c'était seulement une sorte de… mimique, comme un chat qui fait le gros dos. Non. C'est arrivé avec un autre. Un petit. Sa tête m'arrivait au sternum. Un petit assez petit pour n'avoir peur de personne, vous comprenez ? Un petit maudit — excusez-moi ! — qui profitait de sa taille, qui savait qu'on n'oserait pas le fesser pour de vrai ! Ces petits-là, plus ils sont petits, plus ils s'attaquent à des gros, et le plus gros, c'était moi. Je n'étais pas stupide, mais un peu lent. Il ne manquait pas une occasion de me rabaisser. Il me donnait des coups quand j'avais le dos tourné. Même si personne ne se risquait à suivre son exemple, c'était très dur pour moi. Mon seul désir, c'était de passer inaperçu, voyez-vous ? J'aurais pu l'écraser comme une araignée, mais le remède aurait été pire que le mal. Alors, je gardais ça en dedans. C'est aussi pour ça que j'ai pris l'habitude de fréquenter ce laboratoire, parce que lui, il n'y venait jamais. Puis j'ai eu connaissance de l'existence du poison. Un jour, j'ai fait l'innocent, et j'ai demandé — c'était le père Faucher, dans ce temps-là…

Le père Chassé fait signe qu'il l'a connu.

— … donc, j'ai demandé au père Faucher ce que ça ferait à quelqu'un d'avaler ça ! Les yeux qu'il m'a faits ! J'ai failli fondre ! « Pourquoi penses-tu que ça pue tellement ? Si tu avales ça, mon petit gars, sois prêt à rencontrer saint Pierre dans les minutes qui vont suivre, parce que ça ne pardonne pas! » À partir de ce moment, j'ai passé des nuits à imaginer des moyens pour faire avaler le poison au petit maudit, sans me faire prendre.

Le père Chassé rosit, la bouche entrouverte, puis baisse les yeux.

— Avez-vous trouvé?

— Non, je n'avais pas assez d'imagination.

— D'après moi, ce serait plutôt que vous n'avez jamais vraiment eu l'intention de commettre un meurtre.

— Peut-être. Vous me donnez l'absolution?

— Si vous y tenez : allez donc en paix!

Le père Chassé soulève son bras frêle et esquisse une bénédiction.

— Si je vous raconte ça, c'est parce qu'il y a quelqu'un au collège qui a eu plus d'imagination que moi.

— Et vous êtes déterminé à le trouver…

— Pas plus qu'il ne le faut.

— Ah… On dit pourtant qu'un bon enquêteur ne lâche jamais.

— Je n'enquêtais plus, jusqu'à ce que mon supérieur me mette sur cette affaire.

— Non? Pourquoi?

— Encore une question de foi…

Le prêtre et le policier se fixent un moment, puis le premier, vite mal à l'aise, se remet à sa modeste tâche.

Une photo suggestive

À FORCE D'ÉVITER LES AUTRES, le Perdu avait trouvé un escalier de service où il passait ses moments libres. Par temps doux, il restait dehors, adossé à la rampe, lisant, rêvant, écoutant la rumeur de la grande cour. Quand la cloche sonnait, il rentrait, mine de rien, avec les autres. Par temps rude, il se tenait à l'intérieur, prêt à s'enfuir s'il entendait venir quelqu'un. Parfois, Daoust s'y réfugiait avec lui, Jean Martin aussi, jamais les deux ensemble.

– Il faut que je te montre ce que mon frère a trouvé, dit un soir Jean Martin.

Jetant des regards de côté, il tira de sa poche un morceau de carton. C'était la photo en couleurs d'une femme mûre, d'apparence commune, vêtue d'une nuisette qui mettait en évidence de massives mamelles dont les extrémités restaient cachées. Le Perdu regarda : ses yeux s'attachèrent aussitôt aux mamelles. La femme, de par son aspect ordinaire, lui parut plus vraie que le peu qu'il avait vu dans le genre. Puis, il se rendit compte que les mamelles saillaient, car le carton était bombé aux endroits stratégiques. Il retourna la photo et constata des creux correspondants.

— Ça, c'est cochon, hein ? relança Jean Martin.

Le Perdu toucha le carton du bout du doigt. C'était lisse, un peu décalé par rapport à l'image, mais chose certaine, cela avait été fabriqué ainsi ; ce n'était pas quelqu'un qui s'était amusé à y creuser des bosses après coup. La chose, moins par elle-même que par son intention, le mit en émoi.

— Ça te fait bander ?

Le Perdu, de la tête, fit mollement signe que non, mais Jean Martin ne s'y trompa pas. Il s'approcha et le toucha furtivement, provoquant en lui une réaction complexe, qui remonta jusqu'à ses oreilles qu'il sentit s'échauffer, malgré le vent froid.

— Hum ! 'Est assez grosse ! plaisanta Jean Martin.

Le Perdu resta interdit.

Des voix se firent entendre au bas de l'escalier, les voix de Trudeau et de Meloche ! Ils se tenaient proches l'un de l'autre et une lueur révéla qu'ils allumaient des cigarettes. Trudeau prit une grande bouffée et, en rejetant la fumée en l'air, aperçut les deux camarades en haut de l'escalier.

— Hé ! Les fifis ! cria-t-il, en posant le pied sur la première marche.

Jean Martin allait répliquer, mais le Perdu le tira par la manche et l'entraîna à l'intérieur.

Il prit les devants, car il connaissait le meilleur chemin pour retourner à la grande salle. Mais au premier tournant, ils tombèrent sur Lacrotte.

— Qu'est-ce que tu fais là, toi ? grinça le père, qui n'avait pas encore aperçu Jean Martin.

– Heu…

– On pratiquait notre latin! trouva Jean Martin en se montrant.

– Ah! Jean! serina le père. C'est très bien, mais vous n'avez pas le droit de passer par là, les garçons…

– 'Savais pas.

– Allez vite rejoindre les autres dans la grande salle, conclut le père, en reprenant son chemin en direction de l'escalier interdit, non sans poser sur le Perdu un dernier regard torve.

L'inventaire

L A PIOCHE est énervé. Les éclats de sa voix et de ses pas résonnent à travers le dortoir vide. Baribeau ne l'écoute pas. Le damier de lits rouges et les armoires droites comme des pions lui causent un malaise ; son bras gauche le fait souffrir. Rien n'a changé, ni le beige des murs, ni les carreaux du plancher. Et surtout pas l'odeur de dissimulation. Par-delà les hautes fenêtres, le paysage est plus habité, c'est tout.

— Je suis de la police ! coupe-t-il, pour faire taire la Pioche qui préférerait qu'on en parle d'abord au père supérieur.

— C'est ici, dit-il enfin. Le lit de Spencer-Trudeau.

— Personne n'a touché à rien ?

— Je ne pense pas.

« J'aurais dû poser des scellés... », se reproche Baribeau. Oh ! et puis, ses patrons n'avaient qu'à prendre quelqu'un d'autre !

— Vous avez un sac ?

— Pardon ?

— Trouvez-moi un sac.

— Un sac...

– Mais oui, hos… Un sac d'épicerie, ou même deux, trois. Allez!

La Pioche fait quelques gestes dans le vide, puis obtempère. Baribeau l'entend disparaître dans son dos. Il regarde le lit, prend une profonde inspiration, tire la couverture rouge et la jette en boule dans l'allée. Il fait de même avec les draps. Il trouve un exemplaire fripé d'un magazine montrant des femmes aux seins nus, forcément acheté aux États-Unis et revendu sous le manteau. Rien d'intéressant dans la grande armoire, ni dans le meuble de chevet, à part un assortiment démesuré de produits d'hygiène personnelle. Après avoir fait rouler le lit, il pose sur celui-ci la valise qui se trouvait dessous. Elle est munie d'un loquet. La clé a dû être retrouvée sur le corps et il pourrait la récupérer au poste, mais il n'a même pas demandé l'inventaire de ce que la victime avait sur elle. Il prend son canif et tranche la sangle : trois paquets de Rothman's dans leur emballage, une douzaine de Coffee Crisp, une boîte de biscuits d'une marque importée, des caleçons propres, un sac à linge sale et tiens, un jeu de cartes…

Baribeau entend la Pioche qui revient.

– Mais qu'est-ce que c'est que ce désordre? Qui est-ce qui va ramasser ça?

– Vous, je suppose…

– Et les sacs?

– On n'en aura pas besoin finalement.

Baribeau se dirige vers la sortie.

– C'est tout? s'exclame la Pioche.

– Oui.

– Vous n'allez pas fouiller les affaires des suspects?

– Quels suspects?

La Pioche se tait. Baribeau continue son chemin.

L'agression

Seul, adossé à une colonne au bout du préau, le Perdu était bien, observant la charge du vent dans les peupliers décharnés, contemplant la violente et lente lutte des nuages contre les sabres du soleil. Il ne faisait pas froid. Sur les patinoires, personne ne patinait; de peur d'abîmer la glace ramollie, Lacrotte avait décrété que jusqu'à nouvel ordre, les parties se joueraient en bottes. Seul le claquement des rondelles sur les palettes et leur écrasement sourd, sur les bandes, transperçaient la grogne des éléments.

Pan! Les os de sa nuque grincèrent. Le ciel, un instant, ne fut que purée lumineuse. Son corps bascula en avant, reprit son équilibre. Le vent sur sa nuque lui apprit qu'il avait perdu sa casquette. Ses lunettes avaient glissé sur le bout de son nez. Il les replaça, se retourna et comprit que Trudeau venait de le frapper derrière la tête — Trudeau qui se tenait les épaules hautes, narquois, prêt à frapper de nouveau. Le Perdu aperçut sa casquette dans les mains de Meloche, qui ricanait. Deux ou trois autres garçons, en arrière-plan, suivaient. Il fit le geste de reprendre sa casquette, mais Meloche recula vivement.

— Fifi! Puant! Puis stouleur, maintenant! cingla Trudeau.

Le Perdu le regarda en essayant de prendre un air mauvais et perplexe à la fois. Trudeau fit un pas et lui adressa une nouvelle gifle, mais il l'esquiva. Cependant, le préau était surélevé et il sentit la rampe dans ses reins : il ne pourrait plus reculer.

— Fais pas l'innocent! dit encore Trudeau.

— De quoi tu parles?

— Je parle que tu nous as mis dans le pétrin, moi et Meloche! Lacrotte nous a attrapés en train de fumer! Ça te dit rien, je suppose?

— Laisse-le tranquille, il t'a pas dénoncé! fit la voix de Jean Martin, dont la tête blonde venait de fendre le rang pour se placer à la hauteur de Trudeau.

— Tiens, le petit chouchou! Si c'est pas lui, ce doit être toé!

— C'est ni lui ni moé, c'est personne. Si Lacrotte vous a attrapés en train de fumer, c'est parce que vous vous êtes mal cachés.

— Traite-moé donc d'idiot, pour voir!

Trudeau brandit le poing, mais Jean Martin ne broncha pas. Trudeau resta un moment le poing en l'air. Le Perdu en profita pour se jeter sur Meloche et récupérer sa casquette.

— On n'a jamais dénoncé personne, répéta fermement Jean Martin. Sacre-nous patience!

Meloche ne tenterait rien tant que Trudeau ne bougerait pas.

— Si t'es pas capable de fumer sans te faire prendre, Trudeau, mange donc des Life Savers, à la place!

Les têtes se tournèrent. Frenette et Lavergne étaient là, les mains dans les poches, le col de leur pardessus relevé.

— C'est une affaire entre nous autres, leur dit Trudeau qui s'était tourné aussi.

— Peut-être! répondit Frenette, mais t'as pas de preuve qu'ils t'ont mouchardé. Nous autres, par contre, on t'a bien vu frapper dans le dos, et ici, on n'aime pas ça du tout!

Sans réplique, Trudeau amorça la retraite. Il se retourna vers le Perdu une dernière fois en le pointant du doigt :

— Arrange-toé pour pas te trouver à la même place que moé, okay!

— Je demande pas mieux!

Le pupitre

BARIBEAU est dans la salle d'étude, qu'il voit pour la première fois. Il ne l'aime pas. À son époque, on étudiait dans les classes. La douleur reprend dans son bras gauche : encore l'effet damier. Il monte à la tribune du surveillant. Il trouve, glissée dans le sous-main, la liste des étudiants selon leur place. Le nom de Spencer-Trudeau se situe à peu près au milieu. Dans son voisinage immédiat, aucun nom digne d'intérêt pour l'enquête.

Il remonte la rangée en comptant et s'arrête. Il voudrait s'asseoir à la place de Trudeau, mais son abdomen l'en empêche. Il tourne le pupitre de quatre-vingt-dix degrés, et s'assoit sur la chaise qui geint. Un à un, il sort les livres du pupitre : latin, algèbre, histoire sainte, littérature, un *Petit Larousse*... Il feuillette chaque volume à la recherche d'un bout de papier, d'une annotation, et ne trouve rien. Il sort ensuite les classeurs. Trudeau était un garçon ordonné. Pas de feuilles arrachées, du travail propre, mais sans consistance, des notes tournant autour du soixante pour cent, un peu mieux en maths, et en anglais, sa

matière forte. Au début de chaque devoir, les lettres
J.M.J. précèdent la date : Jésus, Marie, Joseph !
Combien de fois Baribeau a-t-il lui-même écrit cette
prière mécanique ? Rien d'utile dans les cahiers non
plus. Puis un étui à crayons, un roman Marabout
emprunté à la bibliothèque… Le pupitre est vide. Il
va se relever mais se ravise, fait l'effort de se pencher
pour jeter un dernier coup d'œil.

Tiens, qu'est-ce que c'est ? Des lettres et des
chiffres, tracés à la mine sur le fond du pupitre…
Baribeau sort son calepin et note.

Une sortie illégale

— Sɪ ᴏɴ sᴇ ᴘᴏᴜssᴀɪᴛ, cet après-midi ? lui avait lâché Jean Martin pendant la récréation du matin.

Le mercredi après-midi, il n'y avait pas de cours.

— Se pousser ?

— Bien oui ! Sortir ! Se sauver !

— Pour aller où ?

— Je sais pas, prendre un coke dans un restaurant. Ça te le dit, toi, Daoust ?

Daoust fit signe que non ; il avait de l'étude... mais au fond, quelque chose d'autre retenait encore Daoust de compléter le trio.

Le Perdu aussi avait du retard, mais l'idée d'aller ailleurs était plus forte que tout.

— Mais on n'a pas le droit !

— Bien non ! Si on avait le droit, ce serait pas se pousser !

— ...

— C'est oui ?

— Mais par où, comment ?

Il fallait profiter du flottement d'après le dîner, durant lequel la surveillance se mettait en place. Il existait plusieurs voies de sortie. Jean Martin choisit celle qui passait par derrière, puis coupait à travers le petit bois jusqu'à la clôture. Jean Martin allait devant, hasardant sa tête blonde à chaque passage pour vérifier si la voie était libre. Le Perdu s'assurait des arrières. Il ne ressentit pas de peur, rien qu'une grande excitation.

La clôture était mal en point et ils la passèrent comme des mulots pour se retrouver dans une rue bordée de jardins blancs de neige avec, au fond, d'énormes résidences en pierres, gardées par de longs conifères bleus et d'autres arbres géants aux branches entrelacées. Nul passant, nulle voiture; c'était comme un décor de cinéma inutilisé. Le Perdu n'était jamais passé dans un tel endroit.

— C'est beau, par ici!

Jean Martin leva le nez et jeta un œil.

— Ouais… ce n'est pas comme ça par chez vous, hein!

— Oh non!

— Je le sais que t'es pas riche. C'est pour ça que les autres t'embêtent.

— Tu penses?

— Certain. Va pas leur demander, mais c'est ça.

— Mais toi…

— Moi, c'est pas pareil. Je suis riche, mais je demeure pas dans un bout de riches. Mon père a une grosse taverne. Mes cousins, tout ça, c'est pas du monde riche. Et puis, j'aime pas ça embêter. La vie, c'est fait pour avoir du plaisir! J'ai pas raison?

C'était la première fois que le Perdu entendait une telle affirmation.

— Et justement, qu'est-ce que tu dirais d'une petite cigarette?

– T'as des cigarettes !

– Non, mais on va en acheter.

Ils atteignirent une artère commerciale et, devant la porte de la tabagie, Jean Martin dit :

– Reste dehors. Si jamais quelqu'un qui doit pas nous voir passe, rejoins-moi en dedans puis fais ce que je te dis.

Lui s'accota sur la rampe du court escalier, releva son col, enfonça sa casquette et ouvrit les yeux. Jean Martin lui expliquerait plus tard qu'il avait mis du temps parce qu'il y avait du monde au comptoir et que ce marchand avait mauvaise conscience de vendre des cigarettes à des jeunes.

Mais qui tournait le coin ? Trudeau et sa bande ! Après un bref arrêt respiratoire, le Perdu se dépêcha de rejoindre Jean Martin à l'intérieur. Celui-ci ne s'énerva pas du tout.

– Eux autres aussi, ils se sont poussés. Alors, ils auraient pas une bonne idée en nous dénonçant. Surtout avec ce qu'ils vont faire…

Jean Martin mit les cigarettes dans sa poche et l'entraîna vers la porte que, justement, Trudeau ouvrait.

– Tiens ! Le petit couple qui sort en ville !

– Ta yeule, Trudeau ! fit Jean Martin.

Le Perdu se contenta de le toiser.

– Tu fais ton frais ! dit Trudeau. Viens donc dehors, voir si tu vas me baver autant !

– C'est toé qui nous baves, Trudeau ! coupa Jean Martin. On t'a rien demandé !

Pendant ce temps, Meloche et les autres se tenaient toujours dans l'embrasure de la porte.

– Eh ! Vous entrez ou vous sortez, les gars ? Je ne veux pas chauffer le dehors ! leur cria le marchand.

Meloche, du regard, interrogea Trudeau et celui-ci, avec l'air d'un gangster américain, lui fit signe d'entrer. Le Perdu et Jean Martin sortirent, dans un chassé-croisé de mauvais regards.

Dans la rue, Jean Martin se mit aussitôt à marcher. Le Perdu demanda :

— Tu as dit : « Surtout avec ce qu'ils vont faire… » Mais qu'est-ce qu'ils vont faire ?

— De quoi tu parles ?

— Tu as dit : « Ils ne peuvent pas nous dénoncer, surtout avec ce qu'ils vont faire… » C'est quoi ?

— Bien… si je l'ai dit… Peux-tu tenir ta langue ?

— Certain.

— Moi aussi ! Mais je vais te le dire quand même. Ils vont piquer, voler. Pas à la tabagie, mais dans des gros magasins, Woolworth, ou Steinberg.

Le Perdu fut scandalisé.

— Bah… Ils sont pas les seuls.

— Toi ?

— Je l'ai fait une fois, mais je le ferai plus. Qu'est-ce que ça me donnerait de risquer un paquet de problèmes pour des cochonneries que je peux m'acheter de toute façon ?

— Nous autres, où est-ce qu'on va ?

— Au restaurant.

Le Tropicana B.B.Q. se trouvait à la limite du quartier et faible était la probabilité d'y croiser des gens du collège. Ils s'y assirent au fond, à une table aux banquettes en vinyle rouge, garnie d'un poste de juke-box accroché au mur. Sitôt assis, Jean Martin en fit pivoter les pages du répertoire et, satisfait de ce qu'il avait trouvé, y glissa une pièce.

— C'est la dernière chanson d'Elvis.

Le Perdu, qui comprenait mal l'anglais, ne retint pas le titre, ni le moindre mot de ce que disait la voix allègre du chanteur, mais s'amusa du rythme sautillant de la musique et des mimiques de Jean Martin, qui imitait son idole en se faisant aller le toupet. Lui n'était jamais entré dans un restaurant sans ses parents — cela n'arrivait guère qu'une fois par année! — et pour ce qui était d'Elvis, il ne l'avait jamais connu que par les imprécations dont il faisait l'objet dans les milieux de bonne éducation.

– Qu'est-ce que t'écoutes, comme musique, chez vous, toé?

Toé! Le mot frappa soudainement son esprit, comme s'il se rendait compte pour la première fois que c'était ainsi que Jean Martin s'exprimait souvent, de même que la plupart des gars du collège, quand les pères ne les entendaient pas. Lui, il avait appris à dire « moi » et « toi ». C'était ainsi que, dans le quartier du port, les familles de bonne éducation se distinguaient des autres. Voilà que cela le distinguait aussi au collège des Saints-Anges!

– Deux grands Coke, commanda Jean Martin à la serveuse aux cheveux de mousse, dont le parfum offusquait. T'en fais pas, ajouta-t-il pour le Perdu, je paie tout, aujourd'hui.

Il sortit le paquet de cigarettes, en défit le cellophane, l'ouvrit en poussant sur le fond du paquet avec son pouce, en retira le papier d'aluminium, et les bouts filtres imitant le liège apparurent, droits comme des petits soldats. Chez le Perdu, personne ne fumait. Jean Martin glissa une cigarette hors du paquet, tapota le bout à allumer sur la table, mit la cigarette entre ses lèvres puis, devant le Perdu qui

hésitait entre la tentation et l'appréhension, sortit
une seconde cigarette qu'il lui tendit. Le Perdu la
prit. La sensation douce et ferme entre ses doigts lui
plut. Il trouvait de la beauté à l'objet, une perfection
toute simple. Les fibres du filtre étaient immaculées,
la marque finement imprimée en lettres élégantes.

— Quand tu auras fini de la regarder, on pourra
commencer à fumer, ironisa Jean Martin, qui
craquait déjà une allumette.

Il alluma d'abord sa cigarette puis tendit la
flamme. Le Perdu plaça la cigarette entre ses lèvres
et, sans la lâcher des doigts, s'avança.

— Il faut pomper, dit Jean Martin.

Il pompa. Presque aussitôt, la fumée lui envahit
la bouche. Il la rejeta en réprimant une grimace.

— Tu vas t'habituer, dit Jean Martin, qui fumait
avec aisance.

La serveuse apporta les boissons, servies dans
des verres à pied énormes, avec beaucoup de glace
concassée, une cerise transpercée d'une longue
flèche en plastique, et deux pailles. Le peu de fois
que le Perdu avait bu du Coca-Cola, c'était dans
une minuscule bouteille dont il avait étiré le con-
tenu jusqu'à la limite. Pour les fêtes, ou par les soirs
de canicule, quand ses parents achetaient des boissons gazeuses, c'était de l'orangeade pour lui, du
ginger ale pour les adultes. Maintenant, le Coke
l'aidait à supporter la fumée.

— Tu m'as pas répondu. Qu'est-ce tu écoutes,
comme musique, chez vous?

— Bah… Ça dépend.

Sa mère écoutait la radio. Ses grandes sœurs
avaient un tourne-disque dans leur chambre; elles

écoutaient des chansonniers et aussi de la musique classique.

— Eh bien! Tu dois pas t'exciter souvent le poil des jambes!

Le Perdu rit de l'expression, mais n'avait jamais eu l'impression de s'ennuyer, chez lui.

— Chez nous, dit Jean Martin, mon frère fait trembler la maison. Il met des disques toute la journée : Elvis, Paul Anka, Duane Eddy... Quand on n'entend pas ses disques, ça veut dire qu'il est sorti.

— Tes parents aiment ça?

— Mon père est pas souvent à la maison, ma mère sort beaucoup, mais elle dit qu'elle a été jeune elle aussi, et que des Elvis, il y en avait dans son temps.

Le Perdu ne fut pas fâché d'avoir fini sa cigarette. Il l'écrasa dans le cendrier en essayant d'avoir l'air naturel. Le Coke, il ne pouvait se résoudre à le vider.

— Pis, aimes-tu ça, te masturber?

Le Perdu haussa les épaules. Il n'allait pas lui dire qu'il devait modérer cette activité parce que la peau de son prépuce avait tendance à fendre.

— Faudrait rentrer, dit-il en consultant sa montre.

Jean Martin regarda la sienne, dont le cadran était deux fois plus grand.

— On a encore du temps... mais, ouais... j'ai pas envie qu'on arrive en même temps que Trudeau. Une cigarette pour la route?

À l'extérieur, dans le froid, la fumée goûtait moins et, ayant observé que Jean Martin l'inhalait, il essaya de faire de même. Il passa à un doigt de vomir sur le trottoir, mais continua de marcher comme si de rien n'était. Ils se retrouvèrent bientôt derrière le collège et là, il eut la mauvaise surprise d'entendre son nom par-dessus les bruits de la ville : dans les haut-parleurs, la voix du père Ducasse l'appelait au parloir !

Un malaise

MALGRÉ la porte fermée, Mode entend Nil qui, la tête dans la cuvette des toilettes, vomit son âme.

Il ressort. Il est blême, sauf sous les yeux. Mode jurerait qu'il a maigri.

— 'Ostie d'enquête…

— Ah! Nil, tu prends ça trop à cœur!

— Je le sais ben… mais on dirait que ça reste engorgé ici, dit-il en se frottant le sternum.

— Qu'est-ce t'as mangé, à midi?

— Je parle pas de la nourriture, je parle… du goût de la mort. J'ai fouillé son lit, il me semble que ça sentait le mort. Il me semble que ça sentait le mort dans son pupitre aussi. À chaque pas que je fais, là-dedans, c'est comme si j'ouvrais un pot de vieux restants de table moisis.

Tout à coup, il se met à respirer bruyamment, il pâlit encore.

— NIL! QU'EST-CE QUE TU AS? crie Mode en tirant une chaise.

Nil chancelle et se laisse tomber sur la chaise qui craque.

– De la petite vache ! souffle-t-il.

Mode ouvre la porte du frigo, prend la boîte de bicarbonate de soude, en verse directement dans le verre qui traîne à côté du lavabo, puis le remplit d'eau du robinet.

Nil boit à petites gorgées.

– Veux-tu que j'appelle le docteur ?

– Non, ça va mieux. Ça va passer.

– Ce n'est pas un remède, ça, de la petite vache…

Mais il respire mieux. Mode sent bien qu'elle ne doit pas insister.

– Si tu leur disais que tu es malade, ils pourraient pas en mettre un autre à ta place ?

– Ils savent depuis longtemps que je suis malade. Et puis, je suis pas capable de faire ça. Ça me tue de continuer, mais ça me tuerait autant de lâcher. Tu peux pas comprendre, je suis mal fait.

« Je t'aimerais pas autant si t'étais ben fait… » pense Mode.

– Non. Je peux pas comprendre, concède-t-elle. Veux-tu que je prépare du tapioca ? Ça se mange tout seul.

– Je peux essayer d'en avaler un peu.

Mode prend une boîte dans une armoire et se met au travail. Nil ouvre son carnet et le consulte.

– Tout ce que j'ai trouvé, ce sont des lettres avec des chiffres. C'était marqué directement sur le bois, en dedans de son pupitre. Il y a des chiffres qui sont barrés. Par exemple : ~~PG 10~~, BL ~~8~~ 17, GJ ~~20 18~~ 12, JM 7 15 29 41… et d'autres encore. Je suis presque sûr que c'est son écriture. Ça veut dire quoi ? Fouille-moi ! C'est peut-être rien qu'un jeu. En tout cas, j'ai regardé dans les pupitres autour et j'ai rien vu de semblable.

Mode bat de la cuillère dans un grand bol. Nil jette son carnet sur la table. Il semble bien remis.

— Si on pouvait retrouver ce maudit poison!

— Ils ont dû le faire disparaître, voyons.

— Je pense pas. On n'est pas Boulevard du Crime avec la pègre. On est dans un collège avec des jeunes. Le poison est caché quelque part, j'en suis certain, maintenant. Celui ou ceux qui ont fait ça s'en sont pas débarrassé. Peut-être même que les empreintes sont encore sur le bocal! Je vais coucher sur le divan, parce que j'ai bien peur de passer toute la nuit à jongler.

— C'est pas nécessaire! Ça me fait rien si tu m'empêches de dormir. Je me rattrape le jour.

Nil prend une cuillerée de tapioca. Ça passe.

Dans l'engrenage

– Où ÉTAIS-TU?

Le préfet ne haussait jamais la voix. Pourtant, il était en colère. Le Perdu répéta :

– J'ai pas entendu l'appel.

L'air siffla dans les narines du préfet.

– Que tu te sois « poussé », comme vous dites, c'est déjà assez grave sans qu'en plus, tu me mentes en pleine face!

Le Perdu n'en rajouta pas. Il avait décidé que c'était tout ce qu'il dirait aussitôt qu'il avait compris dans quel pétrin il se trouvait.

Dès qu'il avait entendu son nom dans les haut-parleurs, il était rentré en courant, au grand risque de se faire prendre, et il était venu au parloir. Le père Ducasse lui avait appris qu'on l'avait demandé trois fois au téléphone, mais qu'il arrivait trop tard.

Alors, il s'était dépêché d'aller téléphoner à la maison, sans utiliser le stratagème habituel. Sa mère avait répondu que ces appels ne venaient pas de la maison. « C'est sans doute une erreur! » avait-elle dit. Mais qui d'autre lui aurait téléphoné? « Est-ce que ça va? » s'était inquiétée sa mère. Il l'avait rassurée, feignant de croire à l'erreur, mais convaincu que c'était un coup de Trudeau. En se retournant, juste après avoir raccroché, il s'était trouvé face à la colonne noire de Big Nose qui l'avait convoqué pour après le souper.

— Où que l'on se trouve au collège, on entend très bien les appels. Si tu n'as rien entendu, c'est forcément que tu étais ailleurs.

— J'étais au fond de la cour, de l'autre côté des bancs de neige.

— Et qu'est-ce que tu faisais là?

— Rien.

— Et je suppose que tu étais seul…

— Oui.

— Tu étais là, tout seul à ne rien faire? Tu te cachais?

— Peut-être.

— De quoi?

— De rien. J'aime ça, rester tout seul.

— Il n'y a pas quelqu'un qui t'aurait vu?

— 'Sais pas.

— Si tu t'imagines que je vais croire ça, mon garçon, tu me connais bien mal. Surtout avec un dossier comme le tien… Moins huit! Ce n'est pas la température qu'il fait dehors, ce sont tes points de conduite! Moins huit! Qu'est-ce que tu as à dire à ce sujet?

Le Perdu n'avait rien à dire. Chaque professeur évaluait la conduite des étudiants à la fin de la semaine. Il avait perdu des points parce qu'il ne

suivait pas, parce qu'il était dans la lune, parce qu'il
se présentait en retard en classe, parce que Daoust
ou un autre le faisait rire, mais il ne pensait jamais
qu'il était descendu si bas.

— Tu n'as pas honte?

Il fit une moue qui pouvait exprimer n'importe
quoi.

— Est-ce que tu as un peu de cœur? Est-ce que tu
penses parfois aux efforts financiers que consentent
tes parents, pour te permettre de faire tes études ici?

Le Perdu serra les lèvres. Il y pensait souvent.
Quand il était dans la lune, c'était souvent avec sa
mère. Elle lui disait qu'il n'était pas obligé, mais
qu'elle serait tellement heureuse s'il devenait prêtre,
et lui était incapable de lui révéler que la première
chose qu'il avait comprise, au collège des Saints-
Anges, c'était que cela n'arriverait jamais.

Le préfet respira encore bruyamment.

— Puisqu'on ne peut pas raisonner avec toi, il va
falloir utiliser d'autres moyens.

Il ouvrit un tiroir et le Perdu savait très bien ce
qu'il allait y prendre.

La courroie à la main, il lui ordonna de passer
dans une petite pièce contiguë. La pièce était sans
fenêtre et il n'y vit qu'un lavabo. Il tendit les mains.
Le préfet, en gestes harmonieux, frappa chaque
main cinq fois. La douleur était aussi cuisante que la
première fois, mais comme il la connaissait, il la
supporta plus facilement.

Surpris que le préfet se fût arrêté à cinq, il baissa
les bras et pivota pour sortir.

— Ce n'est pas fini, dit le préfet. Enlève ton
veston.

La gorge serrée, il obéit.

– Tourne-toi et baisse ton pantalon. Remonte ta chemise et penche-toi sur le lavabo.

Le Perdu prit position. Pendant un moment, il ne se passa rien. Il n'entendait que la respiration du préfet, par-delà son derrière nu, qui ressemblait au bruit d'une machine qui se met lentement en marche. Il ferma les yeux et se prépara à accueillir la douleur. Un changement dans la respiration du préfet en annonça l'imminence. Elle survint, sans impact, presque sans bruit, fulgurante, sur une fesse, puis sur l'autre, et de coup en coup, s'installa, fleurit, s'épanouit. Il se demanda où se trouvait la limite.

Black-jack

– CELA NE VOUS GÊNE PAS que je prenne votre laboratoire pour base d'opération? demande Baribeau.

– Ce laboratoire appartient au collège, pas à moi, répond le père Chassé sans quitter l'incubateur des yeux.

– Je me sens plus à l'aise chez vous que dans un bureau. Et comme c'est ici que cela a commencé, peut-être le coupable donnera-t-il involontairement un signe…

– Vous ne renoncez toujours pas à l'hypothèse que c'est notre poison qui a servi?

– Non. Tant que je ne l'aurai pas retrouvé — et franchement, je pense que ça n'arrivera jamais — on pourra toujours douter, mais pas moi. Pierre Gravel, vous le connaissez?

– Celui qui est en Méthode… en Méthode B?

– Oui, c'est ça.

– Je ne le connais pas vraiment. Vous croyez qu'il a quelque chose à voir avec la mort de ce pauvre garçon?

— Je ne sais pas. Mais ses initiales sont PG et il est à peu près de l'âge de Spencer-Trudeau.

— Je ne vois pas…

— Il s'agit seulement de vérifier une hypothèse.

— Croyez-vous en avoir pour longtemps?

— Oh! mais vous pouvez rester et continuer votre travail, mon père. Ce serait même préférable; votre présence sera rassurante.

Une cloche sonne. Le bruit de centaines de chaises, de dizaines de portes, de milliers de pas chuinte à travers le collège des Saints-Anges. Les files de garçons descendent en longeant les murs, sous la surveillance de la Pioche et de ses acolytes. Baribeau attend en silence.

La porte du laboratoire s'ouvre brusquement.

Le Perdu entre.

— Père Chassé, est-ce que les œufs…

Il ne finit pas sa phrase. La vue de la masse de Baribeau l'immobilise et le réduit au silence. Le policier regarde le garçon, ses souliers mal vernis, son pantalon qui laisse voir ses chaussettes, son veston en tweed élimé trop serré, la cravate croche, le duvet sous le nez, les lunettes de corne trop petites et les cheveux qui s'obstinent à faire des boucles.

Et le malaise. Quel malaise? Le sien? Celui de Baribeau? Le malaise, quelque part entre leurs regards croisés!

— Oh! Vous ne pouvez pas venir dans le laboratoire cet après-midi, intervient le père Chassé. Le… monsieur… J'ai un visiteur! Peux-tu le dire aux autres?

— Ah! Oui… oui oui, fait le Perdu, en reculant vers la porte.

Puis il se retourne et disparaît.

— Qui est-ce? demande Baribeau.

— Lui? C'est un garçon qui vient souvent...

Le père Chassé est interrompu — Baribeau dirait tiré d'affaire — par la porte qui s'ouvre à nouveau, mais tout doucement. Passe la tête d'un grand garçon mince et bien mis.

— Vous m'avez demandé? dit-il, en promenant un regard angoissé tour à tour sur le père et le policier.

— Pierre Gravel? demande Baribeau.

— Oui.

— Viens donc t'asseoir.

Baribeau enfouit un tabouret dans les rondeurs de son derrière et pose un coude sur la table de travail haute et noire, percée de lavabos avec des robinets en forme de crosses.

— Mais viens!

Le père Chassé s'éloigne vers son bureau; alors le garçon s'assied. Baribeau sort son carnet et l'ouvre au hasard, se frotte le ventre pour chasser une soudaine nausée. Il se résout à regarder le garçon dans les yeux.

— Je suis le lieutenant Baribeau. Tu te doutes de la raison pour laquelle je suis ici...?

— Oui... mais je ne comprends pas pourquoi vous m'avez fait demander, moi.

— Tu étais ami avec Spencer-Trudeau, n'est-ce pas?

— Moi? Non. Qui a dit ça?

— Tu ne lui devais pas d'argent?

— Non, non! Je ne lui devais plus rien!

— C'était vingt dollars?

— Dix! Mais j'ai tout payé, il y a longtemps, c'est marqué dans son calepin rouge.

— Son calepin rouge ? Trudeau avait un calepin rouge ?

— Tout le monde sait ça.

— Et tu lui devais pourquoi, cet argent ?

Pierre Gravel baisse les yeux et rougit.

— J'ai perdu au black-jack. Mais j'ai joué seulement deux fois, puis j'ai arrêté ça.

— Tu ne sembles pas avoir été trop chanceux.

— Il trichait. Je suis sûr qu'il trichait. Il disait que c'était un mélange de science et de chance, mais d'après moi, on ne peut pas gagner si souvent si on n'a pas un truc, c'est une question de mathématiques.

— Il y en avait combien, des gars qui jouaient avec Trudeau ?

— Je ne sais pas. Pas plus d'une douzaine, je dirais. Comme il gagnait quasiment tout le temps, il perdait des joueurs.

Pierre Gravel rougit toujours.

— Tu joues encore, avec quelqu'un d'autre ?

— Non. C'était seulement une expérience.

Baribeau voudrait lui demander les noms d'autres joueurs.

— Tu penses que tu étais vraiment obligé de payer ?

— Bien… oui.

— Si tu avais refusé ?

— Ça ne m'est pas venu à l'idée. Dix piastres, ce n'est pas énorme.

— Ça dépend pour qui…

— Il y en a qui devaient bien plus.

— Comme qui ?

— Je ne sais pas, moi, je vous dis que je n'étais pas vraiment ami de Trudeau, sauf que… Tout le monde a entendu dire qu'il y en a qui ont de grosses dettes ; c'est tout.

Pierre Gravel a les yeux humides. Baribeau a la boulette au fond de la gorge. Deux ou trois autres questions encore, et il lui arracherait un nom…

— C'est beau, fait-il. Merci.

— J'ai rien f…

— Je sais ! Tu n'es pas soupçonné. Va !

« Qu'est-ce que je fais dans la police, moi, 'ostie ? » se demande Baribeau, pendant que le garçon disparaît. Il quitte son tabouret et va lentement rejoindre le père Chassé qui lit son bréviaire dans son bureau.

— Alors ? demande le père sans lever les yeux.

— C'est bien ce que je pensais. Aviez-vous déjà entendu dire que Trudeau organisait des parties de cartes ? À l'argent !

Le père pose son bréviaire et le regarde en clignant des yeux.

— Vous en êtes sûr ?

— Absolument. Ça ne vous dérange pas si j'ouvre une fenêtre une minute ? J'ai chaud et il y a comme une odeur…

— Faites, je vous en prie. C'est vrai qu'il y a comme une odeur… Je vais mettre mon sarrau. C'est complètement interdit !

— Pardon ? Vous parlez des cartes ?

— Les cartes, je ne suis pas sûr, mais les jeux d'argent, sans aucun doute. Quand le père préfet va apprendre ça…

— Laissez-moi le lui apprendre, s'il vous plaît.

— Mais je n'avais pas l'intention de lui en parler ! J'ai pour règle de ne pas me mêler de ce qui se passe en dehors de ce laboratoire.

Baribeau réfléchit un instant.

— C'était de même dans mon temps aussi. Pourquoi?

— C'est une sorte de pacte. Quand les garçons entrent ici, au labo, c'est comme s'ils sortaient du collège, alors ils laissent leurs problèmes à la porte.

— Et ça fonctionne avec tous?

— Presque… Il y en a toujours qui s'essayent. Ce Trudeau, par exemple… Mais ça arrête vite, parce que les autres ne suivent pas, vous comprenez?

— Ne m'avez-vous pas dit que vous ne connaissiez pas Trudeau?

— J'ai dit ça? J'avais dû oublier, j'ai tant de choses en tête. Mais en fait, c'est vrai, je ne le connaissais pas. Il est venu faire son tour une fois ou deux, mais il a dû comprendre que ce n'était pas sa place.

L'air frais lui ayant fait du bien, Baribeau referme la fenêtre.

— Ce garçon qui est entré juste avant l'autre…

— Oui…

— Il a l'air un peu perdu, non? J'aimerais que vous me parliez de lui.

La coupure

Il DEVAIT ÊTRE entre onze heures et minuit. La brûlure de ses fesses n'était rien en comparaison de la coupure dans sa tête, et c'était cette coupure surtout qui l'empêchait de dormir. Le préfet l'avait frappé, et frappé encore, et finalement, le Perdu s'était résigné à sangloter parce qu'il en avait assez d'être penché sur ce lavabo. Il aurait pu tenir indéfiniment, mais tout bien réfléchi, il avait bien fait de laisser un peu de jeu au préfet. Pendant qu'il remontait son pantalon, le préfet lui avait parlé et son ton s'était ramolli.

Mais la coupure saignait. Quelque chose coulait de lui, l'abandonnait. Le Perdu imaginait sa mère pleurant, impuissante désormais à enrayer l'hémorragie, puis son père, derrière, qui ne comprenait pas. Ils allaient bientôt recevoir son bulletin, constater sa mauvaise conduite, ses échecs en latin, en algèbre, en géographie… Il allait leur dire qu'il ne les méritait pas, leur promettre de s'amender, leur mentir. Rien n'irait mieux. Il ne pouvait en être autrement. Tôt ou tard, le préfet les appellerait et leur annoncerait sa perte.

Puis il avait entendu un pas et vu Jean Martin effleurer son pied en passant. Après quelques minutes, il s'était levé.

Dans les toilettes, il avait déduit que la seule cabine dont la porte était fermée était occupée par Jean Martin et il était entré dans celle d'à côté. Il avait commencé à pisser.

— C'est toi ? avait chuchoté la voix de Jean Martin.

— Oui.

— Quand t'auras fini, débarre la porte, je vais passer de ton bord.

Il avait levé la tête ; celle de Jean Martin saillait au-dessus de la cloison. Il souriait. Il fit comme il disait et ils se retrouvèrent tous les deux dans l'espace étroit.

— Ça fait encore mal ? demanda Jean Martin.

— Pas si pire...

— Montre, voir si tu as des marques.

— Je pense pas...

— Montre, je te dis. S'il t'a fait des marques, tu peux lui causer des ennuis.

Le Perdu mit quelques secondes avant de se décider, puis se retourna, non sans un effleurement qui lui causa un frisson. Il baissa sa culotte de pyjama à mi-cuisses. Il entendit un clic et la lumière augmenta d'un coup. Jean Martin avait apporté sa lampe de poche.

— C'est rouge, mais il y a pas de marques. Est-ce que ça fait vraiment très mal ?

Il le toucha. Le Perdu sentit une bouffée de chaleur. Il n'arrivait plus à dire un mot.

– Je t'ai vu pisser, continua Jean Martin. J'ai vu ta graine.

– Ah.

– Si j'ai vu la tienne, il faut que je te montre la mienne.

Quand leurs chuchotements s'arrêtaient, tout le silence du dortoir semblait refouler dans les toilettes. Jean Martin pointa sa lampe vers le bas. Le Perdu baissa les yeux et vit un sexe perpendiculaire. Le sien, aussitôt, se dressa dessous la flanelle.

– Laisse-la sortir...

Jean Martin défit l'unique bouton et glissa sa main. Dans le faisceau de la lampe, leurs glands se faisaient face. Le sien était un peu plus gros. La lampe s'éteignit et le Perdu laissa son cœur battre à grands coups tandis que Jean Martin collait son pénis contre le sien. Il se laissa manipuler un moment, puis apporta son concours.

Il revint à son lit comme d'un voyage dans une autre dimension et s'endormit peu après.

Un dossier chargé

S I BARIBEAU AIMAIT LE CAFÉ, il trouverait celui-là
mauvais. Mais il s'est laissé servir, il a été patient,
il a attendu qu'on lui apporte le dossier et il a remer-
cié en souriant. Une façon plus autoritaire de prati-
quer le métier, comme celle qu'il emploie avec la
Pioche, est moins frustrante, mais souvent moins
efficace.

Le dossier est étalé sur la table et, comme le café
qui refroidit, il n'est guère réjouissant. À part deux
mentions honorables en composition française et
une en version latine, il n'y a rien de bon.

Baribeau a parcouru avec émotion la recension
des châtiments corporels. Le plafond a été atteint
presque au départ. Douze coups ; douze sur la main
droite, douze sur la main gauche, douze sur la fesse
droite, douze sur la fesse gauche. Pourquoi ? Pour
dissipation en classe ou en salle d'étude, la plupart
du temps, pour avoir fumé, pour être sorti sans per-
mission, pour avoir répondu avec impertinence…

Comment se fait-il que ce garçon n'ait pas
encore été renvoyé ? L'explication la plus fréquente

d'une telle tolérance est la fortune des parents, mais ce n'est évidemment pas le cas ici.

Le portrait qu'en a fait le père Chassé est plus favorable. Il a parlé d'un garçon bien élevé, très curieux, sensible, nerveux, certes, et souvent encombrant, mais qui n'a jamais causé de problèmes.

En tout cas, ces initiales ne correspondent à aucun des débiteurs de Trudeau. À moins que, dans le carnet rouge...

Une victoire morale

Sauf quand on y montrait des diapositives, le cours de géographie l'ennuyait. Monsieur Brière, un des rares professeurs laïcs, était un homme court et rond, au regard inexpressif, qui faisait toute chose avec lenteur. Revêtu d'un sarrau blanc, il dévidait la bobine de sa science monocorde en déambulant dans les allées. Le Perdu entendait les chiffres et les noms, les capitales et les grands fleuves passer dans les hauteurs, pour aller se perdre dans un autre bout du monde. Il attrapait quelques mots au hasard, quand M. Brière s'approchait de lui, les notait avec son stylo-plume, puis repartait dans sa rêverie, tandis que le sarrau blanc s'éloignait dans son dandinement de pingouin.

Le sarrau blanc... Un jour qu'un soleil oblique mettait en valeur cette uniforme blancheur, et que le Perdu tenait son stylo-plume la pointe en l'air, jouant à y faire scintiller un grain de lumière, une idée s'imposa, suivi de l'inexplicable exigence d'un geste.

Il leva son stylo-plume et le rabattit d'un mouvement sec, sans le lâcher, en direction du sarrau blanc.

Une demi-douzaine de gouttelettes d'encre marine s'en échappèrent aussitôt et entreprirent la traversée aérienne de l'espace qui les séparait du corps professoral, lequel s'éloignait toujours, mais à une vitesse moindre que la leur. À peine le Perdu eut-il le temps d'entrevoir un remords que les gouttelettes atteignaient l'objectif et inscrivaient dans le dos de M. Brière, en un pointillé vertical, telles les balles d'une mitraillette silencieuse, la limite du non-retour.

Daoust, son voisin de pupitre, pouffa. M. Brière fit demi-tour. Daoust reprit son sérieux à temps. M. Brière ne remarqua rien et, faisant à nouveau demi-tour, retrouva le sens immuable de sa déambulation.

Le Perdu ne put résister. Une douzaine de gouttelettes s'ajoutèrent, puis quelques autres encore, crachées cette fois par le stylo-plume de Jean Martin.

Quand il arriva à l'autre bout de la classe, M. Brière avait le dos comme un fromage de Roquefort (le Perdu dut se faire expliquer la comparaison). Alors, intrigué par trop de rires amortis, le professeur se retourna et aperçut Trudeau, le stylo-plume brandi dans sa direction.

M. Brière resta un moment silencieux et perplexe, puis revint à son énoncé.

Il ne comprit que plus tard, probablement en suspendant son sarrau au portemanteau de son bureau.

Le lendemain, le préfet commença par convoquer Trudeau. Puis ce fut le Perdu, puisque Trudeau l'avait dénoncé comme instigateur, tout en protestant de sa propre innocence. Le Perdu se tira cependant d'affaire en faisant valoir que Trudeau le détestait et n'avait donc pas la moindre crédibilité. Puis il resta muet quant au reste. À contrecœur, le préfet le libéra et la courroie, pour cette fois, demeura dans son tiroir.

En fin de journée, Big Nose fit irruption dans le cours d'histoire sainte et s'installa à la tribune, tandis que le père Dion s'anéantissait dans un coin. L'œil tueur, le préfet sermonna la classe, s'indigna du geste posé, aussi bien que du mur de silence qui protégeait les coupables et, puisque tous se faisaient complices, il exigea de chacun une contribution pour défrayer le nettoyage du sarrau souillé. Mais il s'exposa ainsi à une nouvelle frustration car le président de la classe, un étudiant irréprochable, fils d'un juriste fameux, objecta qu'on ne pouvait prouver que le délit fût le fait exclusif de cette classe, puisque M. Brière passait d'une classe à l'autre sans retirer son sarrau. Peut-être même n'avait-on fait que se moquer en constatant les dégâts, ce qui n'était guère charitable, mais non criminel.

L'affaire se conclut par des excuses en règle auprès de M. Brière, qui les accepta.

M. Brière fit nettoyer son sarrau, mais la réputation de Trudeau resta entachée, d'abord de s'être fait prendre, puis d'avoir trop parlé. Celle du Perdu, par contre, évolua dans un sens favorable. On lui reconnaissait désormais de l'audace, le pouvoir de divertir, la capacité de tenir tête et, de son côté, pour la toute première fois, il eut l'impression qu'il y avait une place pour lui aux Saints-Anges. Ce n'était pas la place pour laquelle ses parents payaient si cher, mais il se résolut à la prendre.

Entre le Perdu et Trudeau, la haine était devenue inaltérable.

Des rougeurs révélatrices

— J E REMARQUE, dit Baribeau, l'œil penché sur le dossier, que les infractions augmentent en fréquence et en gravité avec le temps. Quant aux notes...

— Votre observation est juste. Ce garçon court à sa perte.

— Ça me semble évident. Ce que je ne comprends pas, c'est qu'il soit encore ici. Dans mon temps, on était moins patient.

— Peut-être, répond le préfet. Mais si nous le renvoyons, nous ne pourrons plus rien pour lui. Nous répugnons à abandonner les âmes qui nous sont confiées...

Baribeau sert au préfet son meilleur regard idiot. Ce dernier devine que le policier doute de sa sincérité et s'en trouve gêné. Baribeau revient au dossier :

— Sa dernière frasque : il a mis le feu dans une poubelle, ce qui a déclenché l'alarme d'incendie et causé une interruption des cours. C'est qu'il devient dangereux ! continue Baribeau.

— Nous en sommes bien conscients ! Mais enfin, que croyez-vous ? Que je m'amuse à le punir ?

Baribeau ne répond pas. Le préfet rougit.

— Et puis, continue-t-il, il y a le père Chassé qui a intercédé en sa faveur.

— Ah bon! Est-ce que vous… vous exercez une surveillance quelconque sur ce qui se passe dans le laboratoire de sciences naturelles?

— Non. Je n'y mets jamais les pieds. Je n'ai jamais eu de raison de le faire, d'ailleurs.

— Et les parents de ce garçon? Vous ne les avez pas contactés souvent.

— Mais nous l'avons fait!

— Pas pour le feu dans la poubelle…

— Non?

— Non.

— En fait, les appels précédents ayant donné peu de résultats…

Le préfet s'arrête. Il a compris que le regard de Baribeau n'est idiot qu'en apparence, et qu'il est inutile de s'enfoncer davantage dans les demi-vérités.

— Je sais bien que vous avez plus d'un chat à fouetter, le devance Baribeau.

Le préfet rougit encore.

Le mensonge

Le Perdu s'était réfugié dans les derniers bancs de la chapelle, près des portes, pour ne pas rater l'appel. Il s'était agenouillé, avait joint les mains et levé les yeux vers l'autel, vers les vitraux, vers le grand lustre qui pendait du plafond. Il cherchait Dieu. Il l'appelait à son secours. Il espérait un signe, n'importe quoi qui lui montrerait qu'il n'était pas seul, que Dieu était autre chose qu'un bonhomme en bas-relief qui danse le twist. Il ne craignait pas sa colère, il la souhaitait! Si elle pouvait s'abattre sur lui, le châtier, le jeter sur le chemin du repentir! Enfin quoi, n'était-il pas en état de péché mortel? N'était-il pas en train de perdre son âme? Ce qu'il faisait de son corps, ce qu'il en avait fait avec Jean Martin, se pouvait-il qu'il ne faille que quelques mots murmurés dans l'obscurité du confessionnal pour que cela disparaisse? Or, le pire, ce qui le terrifiait en cet instant précis, c'était qu'il n'éprouvait pas de repentir et qu'il savait qu'il allait recommencer.

Alors il entendit l'appel, la voix du père Ducasse qui le demandait au parloir, tel que prévu.

Son père l'y attendait, le chapeau à la main.

— Maman est pas venue?

— Non.

Il en ressentit de la tristesse, puis un certain soulagement. Il ne la verrait pas pleurer.

— C'est quoi, ces histoires-là, mon gars?

La voix de son père n'était pas fâchée. Il attendait un démenti. Le Perdu éprouva brusquement beaucoup d'amour pour cet homme qui n'était là que pour lui, et qui ne pouvait pas comprendre.

— C'est vrai, ce que nous a dit le préfet?

Le Perdu ne put faire qu'un signe de tête. Il souffrait le martyre pour ne pas pleurer.

— Mais si c'est vrai, qu'est-ce qui t'arrive? Tu t'es laissé entraîner?

Il fit oui de la tête.

— C'est bien ce que nous avons pensé. C'est pas comme ça que nous t'avons élevé. Mais entraîné par qui?

— Des gars, tu les connais pas, c'est pas important, trouva-t-il la force de dire d'une traite sans éclater.

— C'est vrai, c'est pas important. Tu as mal choisi tes amis, c'est seulement une erreur. Le mal est partout, même au collège des Saints-Anges. Tu es mieux de rester tout seul que de fréquenter des mauvais amis, tu le sais, ça, hein?

Lui acquiesça.

— Mais maintenant, c'est fini, pas vrai? Tu vas te reprendre, mon gars. Pense aux sacrifices que nous avons faits pour te garder ici. Tu sais que ta mère aimerait tellement avoir un prêtre dans la famille. Moi, je préférerais un médecin, mais ça, c'est pas

grave, ce qui compte, c'est que nous voulons te donner toutes les chances de choisir une bonne profes-
sion. Tu le sais, ça, hein, mon gars?

Le Perdu fit oui, mais ce n'était pas ce qu'il aurait
voulu dire. Il aurait voulu demander à son père de le
sortir de là, tout de suite, de le ramener à la maison
pour toujours. Il aurait voulu crier à son père de le
sauver.

Le deuil d'un père

« UN AVOCAT peut donc souffrir ! » se dit Baribeau, en apercevant le visage défait de l'homme qui se soulève à demi de son fauteuil et lui tend la main par-dessus son bureau. « Mais comment savoir si ce n'est pas un masque de circonstance ? » pense encore le policier.

– Mes sympathies, Maître Trudeau.

Le père de la victime, vêtu d'un complet noir, retombe dans son fauteuil, joint les mains sous son menton et retrouve un peu sa prestance professionnelle.

– C'est dur, dit-il. James est le seul de nos trois enfants qui nous ait vraiment causé du souci. C'était le bébé de la famille ; ma femme l'aura trop gâté — la pauvre est actuellement sous médication —, mais qui pouvait imaginer qu'il allait finir si vite, et comme ça ? J'ai fait mes études aux Saints-Anges, vous savez ? J'avais pleinement confiance… mais le chagrin me rend amer. Les pères non plus n'auraient pu imaginer une telle horreur.

– Vos sentiments sont tout à fait naturels. Soit dit en passant, j'ai aussi étudié aux Saints-Anges.

— Vraiment?

— Mais c'était quelques années avant vous, je présume.

— Probablement... Vous avancez dans votre enquête?

— Lentement, très lentement. C'est... extrêmement délicat, comme contexte.

— Je le conçois. Comment pouvons-nous vous aider?

— Je ne sais pas trop... Je suis à la recherche d'un mobile.

— J'ai bien peur de ne pouvoir vous éclairer. Pourquoi lui a-t-on fait ça? C'est la question qui me tient éveillé constamment depuis que j'ai appris les résultats de l'autopsie, et je ne trouve rien!

— Vous n'avez pas envisagé une cause accidentelle?

— C'est que je demeure un avocat, vous comprenez. Objectivement, on ne peut guère douter qu'il s'agisse bel et bien d'un meurtre.

Baribeau ne dit rien. L'avocat continue :

— Je devine que vous n'osez pas me demander si j'ai pensé au suicide.

— Cette hypothèse m'est tout de suite apparue invraisemblable, vu les circonstances.

— Vous avez raison. Et puis, James, à sa manière, aimait la vie. Il y a de ces choses qui nous reviennent... À la veille de la rentrée, comme je le sermonnais pour la millième fois à propos de son avenir — il avait échoué ses Éléments latins — il m'a répondu : « De toute façon, je vais mourir à trente ans! » Qu'est-ce que vous voulez répliquer à ça? Il ajoutait qu'il n'avait jamais connu quelqu'un de plus de trente ans qui avait l'air de s'amuser dans la vie, et qu'il avait l'intention de tout faire et de tout voir avant d'arriver à cet âge.

– Comment avez-vous réagi?

– Cela m'a conforté dans l'intention que j'avais de lui serrer la vis. Il a… avait cinq ans d'écart avec notre fille, qui elle-même en a trois avec mon fils aîné — qui poursuit des études en droit, soit dit en passant. Ma femme n'avait plus la détermination, la vigueur pour élever un garçon dans les règles. Pire, je pense qu'elle le voyait comme une sorte de récompense de fin de carrière, vous me suivez? Bref, elle est toujours passée par ses quatre volontés. En garçon intelligent, il en a profité. Il était haut comme trois pommes qu'il considérait déjà que tout lui était dû. Ajoutez à cela que, comme trop de femmes riches, la mienne a pris l'habitude de remplir avec de l'alcool le vide qui grandit dans sa vie à mesure que les enfants ont moins besoin d'elle. Les choses ne se sont pas améliorées quand James est devenu pensionnaire. De mon côté, je dois confesser que ma carrière m'accapare. Écoutez, je vais vous parler ouvertement — vous me faites l'impression de quelqu'un qui est maître de ses dires.

Il fait une pause et lève le doigt :

– Mon fils… mon fils était un être totalement dépourvu de morale!

Il se tait. Il a les yeux dans l'eau.

– Je doute même qu'il ait cru en Dieu, ajoute-t-il dans un soupir. Et il est mort sans recevoir les sacrements.

Il se ressaisit.

– Voilà. Oh! bien sûr, il était jeune! De grands saints n'étaient guère mieux dans leur prime jeunesse : saint Paul, saint Augustin…

— Saint Ignace de Loyola!

— En effet, et celui-là n'est pas le moindre.

— Mais, vous disiez que vous aviez décidé de lui serrer la vis...

— Et comment! J'ai pris des mesures strictes pour contrôler son argent de poche; je lui ai retiré son scooter — évidemment, comme il était pensionnaire, c'était une mesure avec peu d'effets immédiats, mais tout de même, les fins de semaine... Et les fins de semaine, justement, quand il était à la maison, contrôle rigoureux de l'emploi du temps, des sorties; pas de cinéma s'il n'avait étudié d'abord...

— Vous avez vraiment appliqué vos mesures?

— À soixante-quinze ou quatre-vingts pour cent, dirais-je en toute honnêteté. En fait, c'est surtout sur ma femme qu'il a fallu que je reprenne le contrôle. Elle était parfaitement capable de naviguer à contre-courant de mes efforts. Il y a eu des scènes terribles, des remises en question, des accusations... enfin, vous voyez le genre. Et maintenant que tout cela s'est avéré inutile, je ne m'attends pas à ce que notre vie conjugale s'améliore... Si j'avais su! Mais on ne sait pas. Tout est dans cette évidence élémentaire, n'est-ce pas? On ne sait pas.

Le policier laisse à l'avocat tout le silence dont il a besoin. Ce dernier reprend :

— Pour en revenir à votre question, là où ma prise en charge a eu le plus de succès — c'est triste de l'admettre — c'est sur l'argent. C'est moi qui garde la main sur le robinet, et je l'ai fermé. James ne recevait plus que le strict minimum.

Baribeau renonce à définir la notion de strict minimum. Il souffre. Ses entrailles ne sont que douleur. Il se demande pourquoi cet homme se confie à lui si aisément et pourquoi cela lui révulse les tripes. Pourquoi n'a-t-il jamais été capable d'écouter et d'analyser ces choses comme un simple détective? Pourquoi l'exercice de son métier le tue-t-il? Il demande :

— Comment avez-vous réagi quand il a brisé toutes ces vitres?

— Pardon?

— Quand vous avez appris cette histoire...

Baribeau consulte sa mémoire avant de poursuivre :

— ... ces dix-huit fenêtres qu'il a brisées en jouant à la crosse...

— Mais enfin, de quoi parlez-vous? On ne m'a jamais rien dit d'une affaire semblable!

— Vous en êtes sûr?

— Absolument! Qu'est-ce que vous me racontez-là? Qu'il s'est amusé à casser des vitres?

— En jouant à la crosse... C'est dans son dossier.

— Mais quand a-t-il fait ça?

— Au début de cette année, je pense.

— Ça alors! Je vous assure que jamais je n'en ai été avisé.

— Madame, peut-être...

La révélation

L E PERDU, Jean Martin et Daoust faisaient partie du noyau d'élèves ayant, en échange de menus services, le privilège de passer leurs moments libres au laboratoire, et même dans la section séparée par des étagères ajourées, qui servait de bureau au père Chassé. Il s'y trouvait un aquarium, l'incubateur, d'autres formes de vie en gestation, selon les saisons et les programmes, et une communauté de souris dans une cage de verre, qui fournissait la matière première des séances de dissection. Il y avait aussi un divan.

Le Perdu aimait bien jouer avec les souris. Il en sortait une et la faisait trotter sur les coussins, grimper à son bras.

Un jour qu'il se trouvait seul avec Jean Martin, tandis que le père Chassé vaquait à ses tâches, de l'autre côté des étagères, la souris, qu'ils dirigeaient entre eux comme si elle avait été le ballon d'un jeu quelconque, leur fila entre les doigts et échoua dans son entrejambe. La main vive de Jean Martin la rejoignit aussitôt et y resta immobile juste assez longtemps pour que, par-delà le tissu, le Perdu ressentît le

contact. La chaleur lui monta aux joues et son sexe se gonfla. Jean Martin lui sourit. Le Perdu souffla :
– Pas ici !
– Pourquoi pas ?
On entendait toujours le père Chassé travailler.

Jean Martin n'attendit pas la réponse. Il étendit le bras et laissa la souris tomber dans la cage, puis revint avant que son compagnon n'ait eu le temps de remettre ses idées en place. Il baissa son zip, puis celui de son compagnon. Le Perdu ferma les yeux et de leurs caresses fébriles et intenses jaillit vite un premier et chaud écoulement dans le creux de sa main.

Il regarda sa paume mouillée. La main de Jean Martin poursuivait son travail et l'émoi que lui causait cette vision devenant vite insoutenable, il leva les yeux.

Il crut se changer en statue ! Là, dans un jour de l'étagère, il voyait le visage empourpré du père Chassé qui les observait derrière ses épaisses lunettes rondes. Lui fut incapable de quelque réaction tandis que Jean Martin, inconscient, continuait de le manipuler fébrilement.

Cependant, son sexe ramollissait. Jean Martin leva la tête et suivit la ligne de son regard. Il aperçut à son tour le visage du père Chassé. Il sursauta, mais aussitôt, le père plaça un doigt devant sa bouche et fit un signe que Jean Martin et le Perdu interprétèrent, après un instant, comme une invitation à continuer.

Alors, il préféra fermer à nouveau les yeux, tandis que Jean Martin reprenait la masturbation avec une douloureuse vigueur.

Il fallut un moment pour qu'il retrouvât sa rigidité et que Jean Martin lui arrachât sa semence inutile.

Quand il rouvrit les yeux et reprit son souffle, le visage du père Chassé avait disparu.

La coupe déborde

ENFIN, les portes de l'ascenseur s'écartent et Baribeau se précipite dans le hall. Incertain de ses jambes, il cherche en haletant le chemin des toilettes.

Il entre dans la première cabine, tombe à genoux et commence à vomir. Chaque spasme lui tord le ventre. Il mange si peu qu'il n'expulse que des filets de fiel. Il est en sueur. Sa vue est brouillée et tous ses muscles lui font mal. Au dernier spasme, il demeure la bouche ouverte une éternité, sans respirer, et il sent la mort, dans son dos, qui se penche sur lui.

Il pense à Mode. Il relève le buste. L'air déferle dans sa poitrine.

— Avez-vous besoin d'aide, Monsieur? demande une voix d'homme.

— Merci. Ça va aller. J'ai dû manger quelque chose qui ne me fait pas...

— Vous êtes sûr?

— Oui, oui, c'est passé maintenant, confirme Baribeau, en s'essuyant les lèvres avec du papier hygiénique.

Sa tête, dans le miroir, est effrayante. Il s'asperge le visage d'eau froide, s'essuie, recommence.

Ces derniers moments avec le père de Trudeau l'ont bouleversé; l'avocat a appelé sa femme et Baribeau a été témoin de la douloureuse scène de ménage qui s'est déroulée au téléphone. C'était bien elle qui avait reçu l'appel du collège, mais le garçon avait rappelé sa mère peu après, sans doute à un moment où il savait qu'elle avait l'habitude de boire, et l'avait convaincue qu'il trouverait vite l'argent pour rembourser les dégâts. Elle n'avait pas eu la présence d'esprit de lui demander comment il se procurerait l'argent et lui avait même promis de garder le secret.

Cette découverte fait faire un grand pas à l'enquête, mais Baribeau préférerait ne l'avoir jamais franchi. Maintenant que la piste s'est dessinée, il va devoir la suivre, s'enfoncer comme dans la jungle, fouiller la pénombre. Les chances sont fortes pour qu'il se rende au cœur de l'affaire, qu'il trouve le coupable, et qu'il en meure.

Il pense à Mode. Quel est son vrai nom, déjà? Avec elle, il aura connu la paix, la vraie paix, avec elle seulement. Gaston... Rémillard! C'est ça, c'est son vrai nom, Gaston Rémillard.

Baribeau sort des toilettes et trouve un téléphone public. Il consulte son carnet d'adresses et compose le numéro de son notaire.

Le pugilat

DEVANT LE COLLÈGE, il y a un hôpital ; derrière l'hôpital, le stationnement de l'hôpital, et au bout du stationnement, un talus, des immeubles de rapport, des terrains vagues. C'est sur le talus qu'ils s'étaient donné rendez-vous, un rendez-vous auquel ils s'étaient rendus ensemble, pour s'y battre l'un contre l'autre.

Trudeau avait crâné tout le long du trajet : « T'es sûr que tu veux encore te battre ? Je te laisserai pas de chance, tu sais ! » Le Perdu n'avait rien répondu, mû par un instinct qui lui disait qu'il fallait y aller. La boxe était un autre sport auquel il ne connaissait rien et, pourtant, il n'avait pas peur.

Ce duel était dans l'air depuis un moment. Il avait été décidé par une fin d'après-midi, dans la grande salle, alors que les pensionnaires faisaient la queue pour aller prendre, sur des plateaux roulants, chacun son carré de gâteau blanc garni de confiture qui leur était servi comme collation. Trudeau était venu se placer derrière lui dans le but de le harceler avec ses méchancetés habituelles. Lui préparait une réaction depuis quelques jours et, pivotant brusquement, avait allongé un coup de poing. L'idée était de faire gicler le sang de la gueule de Trudeau avant qu'il n'ait le temps de se rendre compte de ce qui se passait, mais il avait raté la cible. Trudeau, aussitôt revenu de sa surprise, avait éclaté de rire ; puis il l'avait assuré qu'il se mettait à sa disposition pour essayer de nouveau. Le Perdu avait surpris Trudeau et tous les témoins en acceptant.

Sur le talus, ils avaient d'abord retiré vestons et cravates, puis s'étaient placés en position. Trudeau avait commencé à frapper aussitôt. Ses coups de poing tombaient massivement et sans relâche, sans que le Perdu ne puisse trouver une éclaircie pour l'atteindre. Quand il arrivait à lancer un coup, il ratait la cible. Heureusement, Trudeau n'avait vraiment de puissance que dans sa droite et le Perdu réussissait à se protéger tant bien que mal, jusqu'à ce qu'il profite d'un relâchement de Trudeau pour le renverser par une vigoureuse prise de tête. La convention exigeait d'interrompre le combat quand on se retrouvait par terre et il la respecta.

Ils se relevèrent et l'inégal pugilat recommença, pour être interrompu de la même manière. Puis recommença encore. Le Perdu continuait de limiter les dégâts. Trudeau commençait à se fatiguer. Il proposa d'arrêter, mais l'autre refusa. Le Perdu espérait prendre le dessus et frapper à son tour, mais cela n'arriva pas. Il ne savait pas frapper. Il n'avait pas l'instinct de l'attaque. À un moment, un homme passa qui se rendait à sa voiture et leur cria quelque chose d'édifiant, mais dès qu'il fut disparu, ils continuèrent le combat.

– Moi, j'arrête, dit finalement Trudeau. Je suis écœuré.

– C'est comme tu veux.

Ils rentrèrent par des chemins différents. Lui arriva le dernier. On avait vu le vainqueur, on attendait le vaincu, on voulait constater les dégâts. On fut déçu. À l'exception d'un trait rouge qui n'était même pas une égratignure, le visage du Perdu était intact. Les bosses douloureuses étaient cachées par sa chevelure, qu'il avait touffue.

Meloche

– ET CES POUSSINS, père Chassé, quand les verra-
t-on?

– Demain, s'il n'y a pas d'erreur sur la date.

– Pourquoi y en aurait-il?

– Cela arrive…

– Je ne veux pas faire mon difficile, mais si on pouvait ouvrir une fenêtre… Je sens toujours cette odeur; c'est peut-être une idée que je me fais…

– Non, je la sens, moi aussi. Un étudiant a dû renverser quelque chose, mais je ne trouve pas.

On frappe à la porte du laboratoire.

– Voilà sans doute le garçon que vous avez convoqué. Vous ne voulez vraiment pas que je vous laisse seul?

– Mais non, au contraire, je vous répète que votre présence est de nature à les rassurer.

Baribeau se rend compte que le père Chassé préférerait être ailleurs, il dirait même très loin. On frappe encore.

– Il n'entrera pas si on ne va pas lui ouvrir, observe le père.

– Ce n'est pas un habitué?

– Non.

– Vous le connaissez?

– Disons que je peux mettre son nom sur son visage.

Baribeau va lentement à la porte, tandis que le père Chassé se hâte de disparaître derrière les étagères qui délimitent son bureau. Le policier ouvre. Meloche se tient droit comme un soldat, le regard anxieux dans sa tête claire et bouclée.

– Entre.

Baribeau le laisse passer sans le quitter des yeux. Le garçon cherche le père et revient au policier seulement quand l'autre lui a fait un signe d'approbation.

– Assoyons-nous, dit Baribeau. Tu viens souvent ici?

– Non.

– Mais tu es déjà venu!

– Oui... comme tout le monde.

Sur son tabouret, le garçon est raide comme une harpe. Il a peur.

– Julien Meloche... C'est bien ça?

– Oui.

– Comment te sens-tu?

– Euh... Correct...

– C'est dur de perdre un ami...

Le garçon ne s'attendait visiblement pas à ce que le policier aborde le sujet de cette façon.

– On n'était pas si amis que ça...

– Ah non? Pourtant, on m'a dit que vous étiez presque toujours ensemble!

– Avant, oui...

– Avant quoi?

— Bien... avant.

— Tu étais assis à sa table quand il est mort, non?

— Bien... on n'était pas devenus des ennemis non plus.

— Mais vous étiez davantage amis avant...

— C'est ça.

— Avant qu'il commence à te réclamer l'argent que tu lui devais?

Le petit Meloche devient tout rouge.

— Quel argent? essaye-t-il sans conviction.

Baribeau raffermit le ton :

— Ça ne sert à rien de mentir. Je sais que plusieurs garçons devaient de l'argent à Trudeau, mais c'est toi qui en devais le plus : quarante et un dollars. C'est inscrit... tu sais où?

— Non...

— Dans son calepin rouge! déclare Baribeau.

Le petit Meloche est cramoisi. Sa bouche demeure entrouverte, ses yeux se mouillent. Il fait pitié.

— Tu ne comprends pas, n'est-ce pas? Tu te demandes comment j'ai pu savoir ce que contenait le carnet rouge de ton ami Trudeau, puisque c'est toi, la dernière personne qui l'a eu entre les mains! Et que tu l'as détruit!

Le garçon ne peut toujours rien dire.

— Je gagerais que tu l'as brûlé dans les toilettes. Mais tu ne pouvais pas savoir qu'il existait un double!

Maintenant, le garçon pleure franchement.

— Tu connaissais tellement bien ton ami que tu savais dans quelle poche il gardait son carnet. Quand il s'est effondré, le matin de sa mort, tu t'es porté à son secours, et tu as eu l'excellente idée de profiter du tumulte pour lui soutirer son carnet, te disant peut-être que, de toute façon, il n'en aurait plus besoin.

Baribeau sort un petit paquet de papiers mouchoirs et le tend au garçon, qui se sert. Il attend que les pleurs se calment.

— Tu avais perdu cet argent en jouant au black-jack?

Le garçon fait non de la tête.

— In-between, sanglote-t-il.

— Est-ce que tu penses que Trudeau trichait?

Le garçon hausse les épaules.

— Qu'importe, continue le policier. Trudeau insistait pour avoir son argent. Il en avait besoin pour rembourser les vitres cassées, ce qu'il devait absolument faire avant la fin de l'année, à défaut de quoi le collège aurait retenu son bulletin, et alors, son père aurait forcément été mis au courant. De quoi t'a-t-il menacé?

Le garçon pousse encore un sanglot.

— Tu n'as pas intérêt à te taire. Si tu collabores, je ferai tout mon possible pour que tout ça reste entre nous ; je ne peux pas te le promettre — je dois d'abord m'assurer que justice soit faite — mais si tu ne collabores pas, ce ne peut être que pire, comprends-tu? Alors, de quoi t'a-t-il menacé?

— D'écrire une lettre anonyme à mes parents.

— C'est tout? Tes parents auraient cru cette lettre?

— Vous ne connaissez pas mon père…

— Non.

— Puis, il y avait autre chose.

— Quoi?

Le garçon a la tête basse.

— Une fois, on s'est fait pogner à piquer des tablettes de chocolat chez Steinberg.

— La police n'a pas été appelée?

— Non; le gérant a pris nos noms, puis nous a fait promettre de plus mettre les pieds dans son magasin.

— Je vois. Mais Trudeau se serait lui-même dénoncé en te dénonçant!

— Oui, mais lui, c'est pas pareil.

— Non. J'ai vu que toi, ton dossier est plutôt bon; tu avais beaucoup plus à perdre.

Baribeau reste un long moment silencieux à regarder le garçon qui, très intimidé, ne peut pas deviner que ce géant si peu impressionnable s'applique, en fait, à contenir les violents spasmes auxquels il est en proie. Et cette odeur qui sévit dans ce laboratoire! Baribeau est certain de ne pas l'imaginer. Elle est bien là, en filigrane, mais tenace!

— Tu m'as dit que tu étais venu dans ce laboratoire comme tout le monde. Je pense que ce n'est pas tout à fait exact…

— Mais oui!

— Allons! Je suis sûr que tu me caches quelque chose.

Le garçon ouvre de grands yeux, sa respiration s'interrompt et il écarte les lèvres, mais pas une parole ne sort de sa bouche.

— Tu es venu avec Trudeau?

— Non!

Baribeau décide d'aller encore une fois à la pêche.

— Pourtant, je sais que Trudeau est passé par ici, il n'y a pas très longtemps…

— Il voulait voler des souris.

— Ah ! Il est entré pendant que tu faisais le guet ?

— Oui, c'est ça.

— Mais pourquoi voler des souris ?

— Pour jouer un tour.

— Et il les a volées ?

— Non. Quand il est ressorti, il a dit qu'il avait trouvé bien mieux, mais il ne m'a pas dit quoi, je vous le jure.

La détresse qu'exprime Meloche ne peut pas être feinte.

— Je te crois. Je vais te demander une dernière chose, que je demande à tout le monde. Voici une liste. Encercle un seul nom : celui de qui, selon toi, aurait eu le plus de raisons d'en vouloir à Trudeau. Ce n'est pas pour accuser qui que ce soit : j'essaie seulement de comprendre qui était Trudeau.

— Mais… je… je les connais pas tellement…

— Allons ; ce n'est pas grave si tu te trompes.

L'intrusion

Avec ses oreilles décollées, ses lunettes qui glissaient sur son nez et ses épaules rentrées, des trois, c'était Daoust le plus chétif et pourtant, il avait le plus gros pénis.

Daoust se méfiait toujours un peu de Jean Martin, mais pas du Perdu. C'était donc le Perdu qui l'avait renseigné sur les plaisirs interdits et qui l'avait initié, une nuit, dans les toilettes du dortoir, aux échanges de bons procédés. Le Perdu en avait parlé à Jean Martin, et Jean Martin avait voulu le voir pour le croire.

Lui et Jean Martin avaient attendu le lieu et le moment propices. Ce fut un après-midi, dans la section du laboratoire qui servait de bureau. Ils y étaient seuls tous les trois, avec le père Chassé qui, de l'autre côté, faisait semblant de ne leur prêter aucune attention. Daoust eut beau protester, son sexe se retrouva vite en compagnie des deux autres, et Jean Martin dut reconnaître à son tour que, par sa dimension, il appartenait à une classe supérieure.

Le Perdu et Jean Martin s'amusaient à le tripoter ensemble tandis que Daoust, mis au parfum du vice du père Chassé, s'était réfugié dans la passivité et gardait les yeux fermés pour ne pas voir son visage purpurin, immobile dans le carré vide de l'étagère.

Et c'est alors que se produisit la chose! Comme si le ciel s'était ouvert! Comme si la foudre divine était tombée! Comme si la voix de Dieu avait clamé! Et la voix de Dieu était celle de Trudeau!

— AH BEN! AH BEN! Si c'est pas beau de voir ça! Me semblait bien, aussi, qu'il y avait quelque chose comme ça!

Et un grand rire avait suivi, un rire à la méchanceté sans équivoque. Ils étaient là, tous les trois, bouches bées, regardant béatement le visage hilare de Trudeau dans un autre carré de l'étagère.

Le père Chassé fut le premier à réagir, mais bêtement, demandant à l'intrus ce qu'il faisait là. Trudeau continuait à rigoler sans répondre, portant les yeux alternativement du père aux garçons.

— Je vous laisse! dit-il enfin. Excusez-moi de vous avoir dérangés.

En effet, il se retirait, tandis que les trois amis remettaient leurs choses à leur place.

— Et ne vous en faites pas! Je vais être discret… si vous m'aidez un peu! On va s'en reparler! ajouta Trudeau en ouvrant la porte.

Jean Martin et Daoust

LE JEUNE MELOCHE PARTI, Baribeau reste un moment à réfléchir puis, résigné à aller jusqu'au bout, se lève et va parler au père Chassé.

— Alors? demande celui-ci.

— J'ai fait une bonne pêche. Ainsi que je l'avais supposé, c'est bien ce Julien Meloche qui devait une petite fortune à son « ami » Trudeau. Toutes mes hypothèses se sont avérées justes et j'ai même trouvé un peu plus que ce à quoi je m'attendais. Je suis sûr qu'il en aurait bien plus à m'apprendre, mais il faut faire attention de ne pas pousser trop fort.

— Vous pensez que c'est lui qui...

— Il n'a certainement pas la stature pour monter un coup pareil. C'est une lavette... D'autre part, il connaît bien les garçons qui fréquentent le laboratoire. Il paraît même que Trudeau vous aurait fait une petite visite?

Le visage du père blanchit.

— Peut-être... Je ne me souviens pas. J'en vois tellement, il m'arrive de confondre.

– Bien sûr… mais, admettons que ce garçon soit complice, ce qui est presque certain — car il est improbable qu'il aurait eu la présence d'esprit de prendre le carnet de la victime, s'il avait été totalement surpris par sa mort, non ?

– En effet…

– … admettant, donc, que plusieurs personnes soient impliquées dans ce crime, il faut bien qu'elles se soient réunies quelque part…

Baribeau observe le père Chassé, qui cherche quelque chose à ranger.

– Et considérant qu'on s'est servi du poison qui se trouvait dans cette armoire…

Baribeau pointe l'armoire du doigt. Plutôt que de le suivre de l'œil, le père Chassé s'empare d'un terrarium et passe dans l'autre partie du laboratoire. Baribeau ne le suit pas, mais parle plus fort.

– Bref, il y a des chances que le crime ait été planifié ici même ! Vous n'avez rien remarqué ?

– Non, fait la voix du père Chassé.

Baribeau le rejoint lentement. Le père enchaîne :

– C'est le climat de confiance qui règne ici qui fait que c'est un lieu favorable à l'éveil scientifique. Les esprits doivent se libérer de toute entrave pour être disponibles…

On frappe à la porte.

– Voilà l'autre, dit Baribeau. Jean Martin. C'est un habitué, lui, n'est-ce pas ?

– Ce n'est pas le plus assidu.

– En tout cas, il est sur la liste.

Baribeau ouvre et Jean Martin entre. Les mains dans les poches, il semble tout à fait détendu. C'est vraiment un joli garçon, leste dans ses vêtements serrés, la coiffure blonde et impeccable, la cravate mince au nœud parfait.

Baribeau le fait asseoir, comme l'autre, mais ne dit rien. Le père Chassé est retourné dans son bureau, suivi du regard par le garçon. Baribeau attend toujours. Il cherche quelle question poser, il essaie de percevoir quelque chose. Les initiales de Jean Martin ne correspondent à aucune de celles de la liste des débiteurs. En fait, il n'a rien sur ce garçon. Son dossier disciplinaire est insignifiant, ses notes, correctes. Il n'est connu pour avoir été ni ami ni ennemi de Trudeau. Tous les membres du personnel lui en ont parlé en bien, mais sans louanges excessives, sauf dans le cas du père Lamothe, qui l'a porté aux nues — mais le pauvre homme est tellement bouleversé que son témoignage est sans valeur. En attendant que le policier parle, Jean Martin se regarde les ongles et c'est à peine s'il a les joues roses.

— Tu ne devais pas d'argent à Trudeau?

— Moi? Pourquoi je lui en devrais?

— Tu n'as jamais joué aux cartes avec lui?

— Jamais. Je comprends pas pourquoi vous m'avez appelé. Je me tenais pas avec Trudeau, j'avais rien à voir avec lui.

— Tu l'évitais?

— Pas spécialement… on peut pas être ami avec tout le monde, c'est tout.

— Il avait quel genre de réputation, Trudeau, d'après toi?

— Ça, c'est facile! Tout le monde savait que c'était un bum.

— Un voyou?

— Oui! Pas un bum de rue, certain; un bum de collège, un baveux.

— Qu'est-ce qui te fait dire ça?

— C'est vous : vous m'avez demandé quelle réputation il avait!

Le policier se replie dans un nouveau silence.

— Tu peux partir, dit-il enfin.

— C'est tout?

— C'est tout. Je voulais seulement te voir.

Jean Martin hausse les épaules, se lève et sort. À la porte, il y a déjà Daoust. De la main, Baribeau lui fait signe d'entrer.

Daoust fait pitié à voir, tout replié sur lui-même, coupable avant même d'être accusé. Baribeau a mal pour lui, et mal de devoir lui faire mal.

— Daoust, c'est ça?

— Oui, Monsieur.

— D'après ce que je vois dans ton dossier, tes parents n'ont pas les moyens... disons des moyens comparables aux parents de tes camarades.

— Ils ont pas encore payé le dernier mois?

— Je ne le sais pas, c'est pas mon domaine, les comptes. Mais tu ne dois pas avoir beaucoup d'argent de poche...

— J'ai mes économies; l'été, je passe le journal.

— Ça ne t'est jamais arrivé d'essayer de faire un peu d'argent en vitesse, en jouant aux cartes, par exemple?

— Avec Trudeau?

— Mettons.

— Non. Je parie jamais avec personne.

— C'est sage. Alors, parlons de Trudeau. Tu t'entendais bien avec lui?

Baribeau peut voir la gorge du garçon se nouer, tandis qu'il fait non de la tête.

— Il était baveux, Trudeau. Est-ce qu'il te bavait, toi?

Daoust nie silencieusement.

— Non! dit Baribeau. Il ne te bavait pas. Mais un de tes amis, hein? Oui... tu sais de qui je veux parler. Mais lui non plus ne devait pas d'argent à Trudeau, je suppose. Mais pourquoi tu pleures?

Baribeau tend des papiers mouchoirs au garçon et attend que les spasmes passent.

— Écoute-moi, mon garçon. Ce qui est arrivé est très grave et je comprends que ça te mette tout à l'envers. J'ai été jeune, moi aussi, puis j'ai été pensionnaire ici, comme toi, puis mes parents n'étaient pas riches non plus, crois-moi. Je vois bien que tu en as gros sur le cœur, mais je vois bien surtout que tu as appris par la rumeur que Trudeau a été empoisonné, comme l'ont appris tous les étudiants, ou presque... Puis maintenant, tu es pris dans un dilemme... Tu sais ce que c'est, un dilemme?

Daoust fait oui de la tête en fixant le plancher. Il respire normalement avec, de temps à autre, un léger hoquet. Baribeau continue :

— Je vais t'aider à te sortir de ton dilemme, d'accord? Je sais pas mal de choses, il m'en manque beaucoup, mais j'avance et je vais me rendre au bout de toute façon, que tu me dises ce que tu as à dire ou non. Maintenant, pense à toi, mon petit gars. Ce n'est pas parce que tu es au courant de certaines affaires que tu es coupable, ni même complice; par contre, si tu caches des informations, là, tu te mets dans le pétrin! Moi, tout ce qui m'intéresse, c'est de faire la lumière sur la mort de Trudeau, mais une fois que ce sera fait, je vais garder seulement les éléments de preuve ; pour le reste, tout ce que tu peux dire, c'est comme à la confesse, je te promets que ça va rester entre nous deux. Okay ?

Daoust opine en reniflant.

— Bon. Commençons par le commencement : vous venez souvent au laboratoire ?

Daoust jette, en direction du père Chassé, un coup d'œil qui n'échappe pas au policier.

— Aimes-tu mieux qu'on s'installe ailleurs ? demande ce dernier.

Le garçon fait signe que oui.

Le jeu de mississippi

QUAND TRUDEAU fut sorti du laboratoire, le père Chassé, en proie à un énervement qu'on ne lui avait jamais vu, avait renvoyé les trois garçons et les avait enjoints de ne plus jamais revenir.

Ils étaient allés dans la cour et s'étaient isolés. Daoust était en petits morceaux. Jean Martin était retombé sur ses pattes et voyait déjà les choses avec détachement. D'après lui, jamais Trudeau n'oserait rapporter ce qu'il avait vu au préfet. D'abord, ils n'auraient qu'à nier ! Pourquoi croirait-on Trudeau plutôt qu'eux ? Et puis de telles allégations ne le feraient certainement pas mieux voir des pères. La seule force de Trudeau, en réalité, serait qu'ils aient la faiblesse de céder au chantage.

Le Perdu se rendait à ses arguments, mais éprouvait un sentiment nouveau : un dégoût profond de tout ce qui l'entourait, un dégoût mêlé de colère et concentré sur Trudeau. Il ressentait dans sa chair le besoin de lui casser la gueule et rageait de se savoir impuissant à le faire.

La cloche sonna et la routine du collège des Saints-Anges reprit aussitôt. Un peu de temps passa, un jour, puis un autre… Trudeau ne se manifestant pas, Jean Martin en conclut qu'il avait vu juste, mais le Perdu restait persuadé que le salaud allait entreprendre quelque chose, qu'il laissait la tension monter, surtout chez Daoust, qui en perdait le sommeil.

Ils n'allaient plus au laboratoire. Ils évitaient de rester ensemble et se séparaient dans la salle de récréation, s'éparpillaient entre les tables de billard et de mississippi.

Trudeau était la terreur du jeu de mississippi, auquel il jouait avec brutalité. Plutôt que de faire glisser les rondelles, il les propulsait en les claquant sur la table et arrivait même à les projeter dans les airs. Il possédait assez bien cette technique pour viser, dans le but de le perturber, l'adversaire qui occupait l'autre bout de la table, quand ce dernier semblait prendre trop facilement le dessus sur son coéquipier qui, la plupart du temps, était Meloche.

Un midi, ce fut plutôt lui que Trudeau visa, dans un geste dont le caractère délibéré était flagrant. Comme Meloche ne s'y attendait pas du tout : la rondelle de bois le frappa en pleine bouche. Il porta la main à sa lèvre et, bouleversé par la vue de son sang, il céda à une violente flambée de colère. En trois pas, il fut sur Trudeau, vociférant d'acerbes reproches. Mais Trudeau était plus fort et il l'immobilisa aisément contre une colonne, tout en le serrant par le col.

Parmi la douzaine de garçons qui assistaient à la scène, il y avait le Perdu. Contrairement à ses deux amis, il s'appliquait à se tenir près du champ d'action de l'éventuel maître-chanteur, sans autre motif que le besoin de le haïr mieux, et peut-être aussi pour le défier. L'agression de Trudeau et la contre-attaque de Meloche stupéfièrent les témoins, mais le Perdu, plutôt que de jouer les arbitres, reporta son attention sur les mots chuchotés par Trudeau alors qu'il maintenait sa prise sur Meloche.

À l'évidence, l'incident n'était pas spontané, mais culminait à cause d'une querelle vénale : Trudeau exigeait de l'argent de Meloche. Pour être tout à fait convaincant, de sa main libre, il prit dans sa poche un calepin rouge qu'il lui brandit sous le nez. Meloche ravala sa colère et Trudeau le lâcha pour s'éloigner avec des allures de caïd, avant que l'attroupement n'attirât l'attention de la Pioche.

Meloche resta tout seul, rouge comme sa cravate qu'il rectifia tant bien que mal, au bord des larmes. Le Perdu s'approcha :

— Tout un ami!

Meloche leva les yeux vers lui et, passé son réflexe initial de rejet, comprit qu'il n'était plus en situation de jouer les durs.

— C'est un 'ostie de chien sale! cracha-t-il, franchissant définitivement la ligne des camps.

— C'est pas moi qui vais te contredire. Comment ça se fait que tu lui dois de l'argent?

— J'ai joué aux cartes. Moi, je pensais que je jouais avec un ami, mais il paraît qu'aux cartes, y a pas d'amis.

Du mou dans le gouvernail

LE PRÉFET respire comme un engin qui sur-chauffe et d'ailleurs, il est tout rouge. Il a les mains jointes sous son nez et ne bouge pas. Il fixe Baribeau, qui parle :

— Je suis désolé que vous vous trouviez dans l'embarras, mais je ne pouvais faire autrement. Il s'agit d'un meurtre !

— Vous n'avez pas besoin de me le rappeler.

— Et puis le père du jeune Trudeau a droit à des explications, à tout le moins. Je lui ai demandé de ne rien faire avant la conclusion de l'enquête, mais après... enfin, ce ne sera plus de mes affaires. C'est vous qui avez arrangé les choses avec la mère. Bon, ça, je peux le comprendre ; vous n'aviez pas à vous demander si les deux parents étaient sur la même longueur d'ondes. Ce qui semble... inconséquent, disons, c'est que maître Trudeau a communiqué avec vous ensuite, et que vous ne lui avez rien dit, même si l'engagement de payer la casse tardait à se concrétiser. Quand on regarde ça, et la manière dont vous traitez le cas de cet autre garçon dont nous avons parlé, on ne peut faire autrement que de s'interroger sur la façon de maintenir la discipline dans ce collège!

Le préfet se lève vivement, repousse sa chaise et va à la fenêtre. Après un silence, le dos toujours tourné au policier, il laisse tomber :

— Je suppose que je suis incompétent.

— Excusez-moi; ce n'est pas ce que j'ai voulu insinuer...

— Alors peut-être suis-je vicieux? réplique le préfet en se retournant.

Posant les poings sur son bureau, il continue :

— Peut-être prends-je un plaisir sadique à m'acharner sur les faibles, et suis-je trop lâche pour affronter les forts?

À cet instant, Baribeau se sent mal à nouveau. Le préfet continue en haussant le ton :

— Peut-être aussi suis-je trop orgueilleux pour admettre mon impuissance? Peut-être encore ai-je pris en considération le fait que si maître Trudeau nous retirait son fils, cela serait très mauvais pour mon avancement, pire, pour la réputation de notre chère institution?

On frappe à la porte. Le préfet ne répond pas. Pourtant la porte s'ouvre. Entre la secrétaire sèche et allègre. Elle va directement au bureau, sur lequel elle pose un dossier.

— On vous a apporté ceci.

Le père et la femme se regardent. Baribeau peut presque voir les influx qui passent de l'un à l'autre. Le préfet s'apaise.

— Merci, Mademoiselle Spencer.

Baribeau sursaute en entendant ce nom.

Elle sort. Le préfet se rassoit, passe les mains sur son visage, sur son nez.

— Est-ce que j'ai bien entendu? demande Baribeau. Spencer? Est-ce qu'il existe un lien de parenté?

Ayant à peine eu le temps de retrouver un grain d'assurance, le préfet reçoit cette question comme le boxeur l'uppercut ultime qui le couche au plancher. Devant Baribeau, il semble maintenant tout aussi démuni que les plus faibles des garçons que le policier a interrogés. Enfin, il hoche la tête en signe de reddition.

— Oui, il y a un lien. Mademoiselle Spencer est une cousine de la mère. Vous voyez, lieutenant, les raisons ne manquent pas. Il y en a même trop. Il y aura bientôt sept ans que je suis préfet ici. Mais pour obtenir ce poste, il a d'abord fallu que je me fasse une réputation de rigueur. Et notre ordre est déjà réputé pour sa rigueur! Cela a été ma vie : la rigueur... pour la gloire de Dieu! Vous savez comment les élèves m'appellent? Big Nose. C'est facile. Normal. J'y suis habitué. À la petite école, on se moquait déjà de moi. Je me suis endurci. Dieu ne choisit pas ses serviteurs en fonction de leur pif, mais j'avais toujours pensé que ce nez ridicule m'avait été donné pour m'aider à mépriser la chair. Cyrano dirait que c'est un gouvernail que j'ai dans la figure et, en effet, c'est ce qui a donné la direction à ma vie.

— Écoutez, père, je...

— Non, vous, écoutez... S'il vous plaît, ce ne sera pas long; je n'ai pas été formé pour m'étendre sur mes états d'âme. Oui, si j'avais eu un nez ordinaire, je n'aurais peut-être même pas pensé à prendre la robe, je n'aurais peut-être pas voué mon existence à construire le personnage intraitable que vous avez devant vous, ou plutôt celui que vous avez trouvé assis à ma place lundi dernier... parce que franchement, je ne crois plus être cet homme-là... Je suis arrivé à la limite. Je ne me sens plus la force de lutter contre la tentation; j'ai envie, terriblement envie d'être... tendre! Peut-être bien que ce garçon m'a poussé dans mes derniers retranchements, ou peut-être est-il seulement arrivé au mauvais moment. Je ne peux pas trancher encore. Voilà, c'est tout ce que je peux vous avouer. Est-ce que mes errements ont eu quelque influence sur le triste objet de votre enquête? Peut-être, je n'en sais rien. En tout cas, ce n'est pas ici que vous trouverez la clef du mystère.

Le complot

– JE T'AVAIS DIT de ne plus revenir!
Le Perdu se trouvait dans l'embrasure de la porte du laboratoire, devant le père Chassé qui la gardait désormais verrouillée.

– Je voudrais seulement vous parler un peu; c'est important.

– Me parler de quoi?

– Laissez-moi entrer, s'il vous plaît.

Ne voyant personne alentour, le vieux père lui céda le passage et, après avoir refermé, fit mine de retourner à ses affaires. Il posa les mains sur l'incubateur.

– Nous aurons des poussins dans huit jours! Dire qu'il y a si peu de temps, la simple attente de ces petites bêtes me comblait de joie. Pourquoi a-t-il fallu que vous veniez gâcher tout ça?

Le Perdu baissa les yeux.

– Je l'ai pas fait exprès. J'ai hâte de voir les œufs éclore, moi aussi.

Le père Chassé inspira douloureusement.

– Je sais bien, expira-t-il. Je ne veux pas t'accabler, ni toi ni tes camarades. Je suis le seul responsable

de ma chute. Au fond, vous n'êtes pas méchants…
mais ce Trudeau l'est. J'ai trouvé un mot sous la
porte hier soir. Il me demande de l'argent.

— Ah… Combien?

— Ce n'est pas énorme, une somme que je peux
payer à même les économies que je fais sur mes allo-
cations. Il est futé. Mais je ne me fais pas d'illusions,
ce n'est qu'un début.

— Vous allez payer?

— J'ai pensé tout dire au père supérieur et
assumer les conséquences de mon péché. La première serait sûrement mon départ d'ici. Je ne sais
pas si je m'en remettrais, s'il me reste assez d'humi-
lité pour supporter la honte. D'autre part, payer et
continuer avec le pouvoir de ce garçon sur moi, qui
pend au-dessus de ma tête comme une épée de
Damoclès… J'ai passé la nuit à ruminer tout ça. Je
suis fatigué, je n'arrive même plus à prier…

— Il ne peut rien prouver.

— Non. Donc, nous pourrions essayer de mentir, continuer à mentir, car moi, je me mens depuis
bien longtemps. J'ai même cru pouvoir mentir à
Dieu! J'ai peur de ne plus pouvoir sauver mon
âme.

— Mais, vous, les pères, vous dites qu'on peut
toujours sauver son âme!

— Oui, si on a le sincère repentir, oui… sauf
que, ce que je regrette, ce sont les conséquences de
mon péché; le péché lui-même, je ne… Mais qu'est-
ce que je suis en train de te dire là! Tu es jeune, toi,
tu peux encore te sauver!

— Non!

— Mais voyons donc!

— Je veux pas me sauver. J'ai pas besoin d'être sauvé.

Le père Chassé fut sidéré. La voix claire du garçon était si nette, si sûre, si forte que le sentiment de sa propre faiblesse le submergeait.

— Moi non plus, je regrette rien, père Chassé. J'ai pas de problème avec Dieu, j'ai jamais senti sa colère. Vous?

— Pas encore.

— C'est parce que nous n'avons pas de problème avec Dieu; c'est avec le diable que nous avons un problème.

— Le diable, oui, bien sûr…

— Trudeau! Le diable, c'est Trudeau! C'est lui qui fait le mal, toujours. Pas vous, pas nous! Trudeau, c'est le diable, LE DIABLE! C'est lui qui veut vous faire partir d'ici, c'est lui qui veut nous détruire!

Le père Chassé tremblait.

— Avec le diable, continue le garçon de la même voix ferme, tous les moyens sont bons. Il faut s'en débarrasser.

Le père semblait sur le point d'étouffer.

— Est-ce que tu penses vraiment ce que tu dis?

— Depuis que je le connais, je ne l'ai jamais vu faire que du mal. Il le fait exprès. Il aime ça. C'est son but dans la vie. Si c'est pas le diable, alors le diable existe pas.

— Mais on n'a pas le droit de…

— On a le droit de se défendre.

Le Perdu ne voyait plus dans le père Chassé que le vieil homme qu'il était en réalité, épuisé et confus, brisé.

— Vous n'avez qu'à me laisser faire.

— Laisser faire quoi?

— Si Trudeau tombait bien malade, il aurait assez à s'occuper de lui pour nous laisser en paix. Daoust m'a dit que vous avez, ici, dans le laboratoire, un poison pour tuer des insectes...

Une demi-heure plus tard, le Perdu rejoignit Meloche dans la salle des casiers.

— Ça va marcher! dit-il.

Meloche détourna les yeux.

— J'sais plus... C'est dangereux.

Le Perdu le saisit par le revers du veston.

— C'est trop tard pour reculer.

C'était la première fois de sa vie qu'il faisait peur à quelqu'un. Comme c'était facile!

— Et puis, il en mourra pas! Ça va seulement l'envoyer à l'hôpital pour quelques semaines. Au pire, on le reverra pas d'ici la fin de l'année!

— Mais quand il va revenir...?

— J'm'arrangerai pour qu'il comprenne bien le message.

— Tu es sûr de ton affaire?

— T'as rien à craindre! Puis, si jamais quelqu'un venait à penser qu'il a été empoisonné par exprès, tu sais bien que c'est sur moi que ça retomberait! Mais ça me fait rien; je suis assez écœuré de lui, je veux lui régler son compte. Il y a seulement toi et moi dans le coup. Même Daoust puis Jean Martin savent rien. T'as presque rien à faire!

Le Perdu relâcha son emprise et s'assura qu'il n'y avait personne autour qui eût pu les voir.

— Tu laisses pas tomber, hein? Et puis, si tu as une chance de lui piquer son calepin, t'as beau!

– Quand veux-tu qu'on le fasse? demanda Meloche.

– Moi, je sors pas en fin de semaine. Je vais avoir tout le temps d'aller préparer ça au laboratoire.

– Ça paraîtra pas?

Le Perdu met la main dans sa poche et sort un contenant de beurre d'arachide.

– Regarde! Pourrais-tu dire qu'il a déjà été ouvert? Avec une loupe, peut-être… Lundi matin, ce sera fait. Pour le moment, tu vas dire à Trudeau que tu t'es arrangé puis que tu vas le payer la semaine prochaine. Et d'ici lundi, tu fais comme si vous aviez jamais cessé d'être amis! Et personne doit savoir qu'on s'est parlé.

L'éléphant et le poussin

Baribeau entre dans le laboratoire sans frapper. Il va dans le bureau. Le vieillard est assis devant des travaux d'étudiants et somnole. Sa tête rose et blanche dodeline. Il semble plus vieux que jamais. Baribeau renifle. L'odeur n'est pas disparue. Il passe dans le bureau sans faire de bruit. Il regarde tout autour sans savoir où chercher. Son regard échoue sur l'incubateur.

Le père Chassé sursaute, cligne des paupières derrière les anneaux dorés de ses lunettes.

— Ah! c'est vous! Je... je crois bien que je m'étais assoupi.

— Je suis désolé. Je suis entré comme un voleur.

— Il n'y a pas de mal. De toute façon, ce n'est ni le lieu ni le moment de dormir.

— Il ne se passe toujours rien dans l'incubateur?

— Non. J'ai bien peur que cette couvée finisse à la poubelle. Si c'est le cas, nous allons demander un remboursement à l'aviculteur. Mais c'est peut-être moi qui ai fait une erreur quelque part. Avec cette triste histoire, j'en perds des bouts...

— Eh bien mon père! je vais vous donner l'occasion de vous reposer!

— C'est que…

— Je me suis arrangé avec le père préfet : il n'y aura plus de cours ici aujourd'hui. Allez, profitez-en, je vous prie. Si j'ai besoin de vous, je vous ferai chercher dans votre chambre.

Un voile couvre le regard du père Chassé. Sa lèvre inférieure se met à trembler.

— Bon, dit-il en se levant.

Il fait le geste de prendre les travaux qu'il n'a pu commencer à corriger.

— Laissez-les donc ici, dit Baribeau.

— Mais, pourquoi?

— Si vous ne me promettez pas de vous reposer, c'est moi qui vais me sentir très mal. S'il vous plaît…

Le père fait un geste de résignation, puis joint les mains et quitte le laboratoire d'un pas de pénitent.

— Laissez la porte ouverte, dit encore Baribeau.

Le père sorti, il se tourne vers la fenêtre et en agrippe les poignées pour soulever le châssis, mais la douleur dans son bras l'arrête. Après de longues respirations, il se reprend.

L'air printanier le frappe de plein fouet et lui fait du bien; il ne transpire plus. Dans son dos, quelques papiers s'envolent. Il se rappelle s'être trouvé à ce point précis il y a longtemps, à l'autre bout de sa vie. Ça lui fait penser aux éléphants. Pourquoi? C'est Mode qui lui a parlé des éléphants, l'autre jour. En se penchant un peu, il voit l'est de la ville, où elle l'attend. Il a bien fait de s'occuper des assurances. Il comprend quelque chose : c'est ici même qu'il est devenu la sorte d'homme qu'il a été. Et de s'y retrouver maintenant, c'est signe que la mort est proche!

— Hum hum! fait une voix juvénile dans l'embrasure de la porte.

Baribeau se retourne : c'est lui!

« Assieds-toi! crie-t-il. J'arrive! »

Il baisse le châssis pour ne laisser qu'une mince ouverture et porte sa masse vers le garçon. Maintenant, il se sent capable de continuer.

Il s'assied sur un tabouret, pose le coude sur le comptoir et sort son carnet, pour la forme, en regardant le garçon du coin de l'œil. Il n'a l'air de rien, ce garçon, plutôt rond, au physique ingrat, mais le policier le sent dur.

— Tu sais pourquoi tu es ici? lui demande-t-il, après l'avoir laissé macérer un moment.

— Non.

— Vraiment pas?

— C'est-à-dire que je sais que vous êtes de la police et que vous enquêtez sur la mort de Trudeau, c'est tout.

Le garçon parle en regardant le policier dans les yeux, sans crainte apparente.

— Justement, depuis que j'ai mis les pieds ici, on m'a beaucoup parlé de toi.

— Ah oui? fait le Perdu, en levant un sourcil étonné. Qu'est-ce qu'on vous a dit?

— D'abord, que tu aimais pas ce Trudeau. C'est vrai?

— Bien… c'est plutôt lui qui m'aimait pas.

— Pourquoi donc?

— Je sais pas! Je lui ai jamais rien fait.

— Il paraît même que vous vous êtes battus?

— Ouais…

— Tu as gagné?

— Non, mais j'ai pas vraiment perdu.

— En tout cas, tu dois pas être tellement attristé par sa mort!

— Non. C'est un bon débarras pour moi, je peux pas dire le contraire.

— Il y a aussi Meloche — tu le connais? — qui m'a parlé de toi.

— Ah oui?

— Il m'a dit que le matin de sa mort, à la cafétéria, tu t'es retrouvé derrière Trudeau dans la queue. C'est vrai?

Le garçon fait mine de réfléchir.

— Ça se peut. C'est le surveillant qui m'avait renvoyé au bout parce que…

— Je connais l'histoire. D'ailleurs, le surveillant prétend que tu es arrivé beaucoup plus tôt que d'habitude, ce matin-là.

Le garçon fait la moue.

— Ça se peut.

— Tout se peut, mais tu es sûr de rien…

— Je savais pas que Trudeau allait mourir, moi.

— Hum… Toujours est-il que tu étais bien placé pour mettre quelque chose dans son cabaret…

— Mettre quoi?

— Un casseau de beurre d'arachide…

— Hein?

— … de beurre de peanut empoisonné.

— Trudeau a été empoisonné?

Baribeau ne peut s'empêcher de sourire.

— Tu es admirable! Je te croirais si je savais pas que tu mens.

– Je mens pas. J'ai rien mis dans le cabaret de Trudeau, je suis prêt à le jurer.

– Tu sais qu'il y avait du poison dans cette armoire?

Baribeau pointe du doigt.

– Il y a bien des produits dangereux, dans un labo...

– Je parle du poison à insectes, dans un pot gros comme ça, une pâte brune qui ressemble, devine à quoi? À du beurre d'arachide. Tu le connais, ce poison-là...

– Euh... oui... Daoust m'en a déjà parlé.

– Bon. C'est une substance qui pue, mais bien mélangée à quelque chose de savoureux, sur une rôtie, avec un demi-pouce de confiture par-dessus, avec un Trudeau qui mangeait en cochon, il paraît, ça peut causer une mort violente et rapide. Ton ami Daoust, qui se passionne pour les sciences, a dû t'expliquer ça!

– Ça se peut...

– C'est lui qui me l'a dit.

Le Perdu semble intéressé, mais nullement troublé.

– Il vous a quand même pas dit que j'avais empoisonné Trudeau! Daoust, c'est pas un menteur!

– Non. Il a pas dit ça. C'est pas un menteur, lui. Mais toi...

– Je peux mentir, mais pas maintenant. J'ai rien mis dans le cabaret de Trudeau.

Solide et habile! Baribeau n'en revient pas. Ce garçon s'est construit une formidable défensive: il ne semble pas éprouver le moindre sentiment de culpabilité. Il résisterait même à la torture.

– Es-tu heureux, au collège des Saints-Anges?

– Bien… heureux normal… répond le garçon en haussant les épaules.

– Tu sais que ton dossier est pas brillant.

– Je le sais. Je suis poche.

– Tu travailles fort?

– Assez… mais ça va trop vite. Pourquoi vous me demandez ça?

– J'essaie de te comprendre. Comment peux-tu si bien mentir?

– Je mens pas!

– Bon, écoute un peu, je suis fatigué. Je vais te dire autre chose que je sais de toi : Daoust m'a appris que vous ne veniez pas au laboratoire — avec le troisième larron, Jean Martin — seulement pour faire des sciences! Il paraît que vous jouiez à des petits jeux pas très catholiques!

Le Perdu baisse les yeux et rougit.

– C'est vrai, ça? relance le policier.

– Ouais.

– Et c'est vrai que le père Chassé vous regardait? Le Perdu opine du chef.

– Et que Trudeau vous a surpris? Oui, n'est-ce pas? Content de voir que tu ne nies pas cela. Maintenant, mets-toi à ma place, à la place de n'importe qui ayant à se pencher sur ce meurtre : comment ne pas être convaincu que c'est toi?

– Mais, c'est pas moi! C'est vrai que Trudeau aurait pu bavasser, mais nous autres, on aurait répliqué que c'étaient des menteries. Personne aimait Trudeau; personne l'aurait cru.

– J'en suis moins sûr que toi. Il y a toujours du monde pour croire des histoires dans ce genre-là. En tout cas, là-dessus, tu aurais menti!

– J'ai pas dit que je mentais jamais. Des fois, il faut. Mais j'ai rien mis dans le cabaret de Trudeau.

– Tu es jeune. Si tu avouais, simplement, on pourrait assez facilement alléger les accusations. Ton avocat plaiderait que tu n'étais pas conscient de la force réelle du poison, que tu voulais seulement donner une bonne frousse à Trudeau, lequel t'avait poussé à bout – que vous vouliez, en fait, parce que je suis sûr que tu n'es pas seul dans…

– Si vous êtes si sûr, arrêtez-moi!

– Tu sais bien qu'il me manque une preuve. Mais l'enquête n'est pas finie. Ce n'est peut-être pas moi qui vais la finir, mais tôt ou tard, on va trouver quelque chose, ou quelqu'un va parler et là, ça va être pire pour toi.

– Pourquoi? Puisque j'ai rien fait!

Baribeau sourit encore. Il songe à jouer la carte de la sympathie en lui parlant de sa propre jeunesse, érodée par la mesquinerie quotidienne au collège des Saints-Anges, de l'envie qu'il a eu lui aussi de se venger, mais il lui faudrait confesser au jeune garçon qu'il a tout ravalé, et que c'est resté en travers de son estomac, que ça y est toujours. Il ne le peut ni ne le veut.

Second regard sur un petit déjeuner au collège des Saints-Anges

S EULEMENT une vingtaine de garçons devançaient le Perdu. Ce matin-là, il s'était dépêché. La Pioche ne pouvait pas le manquer. Bien droit dans sa soutane, à dix pieds de lui, il l'observait de travers.

Le Perdu ne perdait pas des yeux l'entrée du réfectoire. Arrivèrent Trudeau et Meloche. Meloche marchait comme un somnambule, la main droite dans la poche. Le Perdu calcula son coup. Il plaça un pied de l'autre côté de la ligne. La Pioche réagit aussitôt. Le Perdu passa l'autre pied, et la maigre soutane s'ébranla dans sa direction.

— Hum hum! jeune homme... fit la Pioche en regardant par terre.

— Hein? Quoi?

Le Perdu regarda par terre à son tour.

— Je l'ai pas fait exprès...

— Hé! comme c'est dommage! dit la Pioche en souriant. Pour une fois que tu n'étais pas le dernier. Mais *Dura lex, sed lex*!

La Pioche pointa du doigt le bout de la file qui s'allongeait sans cesse. Le Perdu baissa les yeux et sortit du rang pour remonter le courant, sous les moqueries éparses de collégiens mal réveillés. Il arriva juste après Trudeau qui était en train de raconter ses films de la fin de semaine. Trudeau allait au cinéma deux, voire trois fois chaque fin de semaine. Des films de guerre en anglais, presque toujours. Le lundi matin, il les racontait, le mardi aussi, le mercredi encore. Ça n'intéressait presque personne, mais Trudeau avait les poings larges et les bras longs.

— Ah non! s'exclama Trudeau quand il le vit s'approcher. Pas le Perdu, pas la puanteur à côté de moé!

Mais il se tut quand il constata que la Pioche les regardait. Tout ce que lui et Trudeau avaient en commun, c'était que la Pioche ne les aimait pas. Trudeau se contenta de lui tourner le dos en se pinçant les narines, mais en refilant quand même au Perdu un coup de coude. Puis il continua à raconter son film.

La queue avançait. Trudeau prit un plateau.

— Tiens-toé loin! Je veux pas que mes toasts prennent le goût de ta puanteur!

Trudeau empila une demi-douzaine de rôties dans une assiette, prit deux fois plus de portions de beurre d'arachide et de confiture. Lui se servit un bol de Corn Flakes, prit deux rôties et du lait au chocolat, en faisant exprès de coller un peu plus Trudeau.

— Hé! dégage, fifi! maugréa ce dernier, en le repoussant.

Le Perdu put voir la main de Meloche au-dessus du cabaret de Trudeau. Alors, il se dirigea vers une table vide et attendit que Daoust vînt le rejoindre.

La dernière cène

Debout dans l'embrasure de la porte du laboratoire, Baribeau attend. Il se sent léger. C'est presque fini.

Le père Chassé tourne enfin le coin et sa silhouette noire, baignée d'irréalité, approche lentement, de son pas qui ne résonne pas, à contre-jour du soleil de quatre heures qui caresse le plâtre beige et les boiseries du collège des Saints-Anges.

— Entrez, père, et venez vous asseoir.

Le vieil ecclésiastique obéit sans mot dire. Il ne s'est pas reposé ; il commence à ressembler, en plus gros, à l'embryon dans le formol, sur l'étagère. Il s'assied à son bureau. Baribeau l'observe un moment et pense à un insecte pris dans quelque piège, mais qui ne se débat plus. Le policier voudrait ne pas l'écraser.

— J'ai trois nouvelles à vous annoncer, père... Une qui serait bonne sans les deux autres, une mauvaise, et une dernière qui n'est guère meilleure.

— Dites.

— Bon. La bonne : j'ai trouvé la source de cette odeur désagréable et j'ai réglé le problème. La deuxième :

votre couvée est définitivement perdue, et ce n'est pas la faute de l'aviculteur. Puis, enfin, vous devinez la troisième...

La tête du père Chassé fait un oui douloureux que seul un œil attentif peut percevoir. Soulagé, Baribeau fait un mouvement vers son pardessus et tire d'une poche un sac de plastique, dans lequel le père Chassé n'est pas surpris de reconnaître le bocal de poison.

— Comme vous voyez, dit le policier, il est fendu. C'est peut-être à cause de la chaleur, à moins qu'il n'ait été dans cet état quand vous l'avez placé dans l'incubateur. Toujours est-il que, par cette fente, des vapeurs se sont échappées et ont tué les poussins dans les œufs — les coquilles ne sont pas étanches à l'air, comme vous le savez. Je vous avoue que j'ai été étonné de le trouver ici, même si une petite voix me disait que ce poison devait bien être caché quelque part! Vous auriez pu vous en débarrasser si facilement!

La tête ovoïde du père Chassé est posée sur ses mains jointes, comme s'il priait. Baribeau continue :

— Il m'est revenu que vous avez dit, à un moment donné, que vous étiez incapable de jeter quelque chose qui pouvait servir, et que vous ne saviez pas si on trouvait encore de ce poison sur le marché. Vous avez donc cédé à un réflexe profes- sionnel, ou naturel — dans votre cas, c'est quasi- ment la même chose — ce qui prouve, si j'en doutais encore, que vous n'êtes pas un criminel. Peut-être qu'au fond, c'est comme une manière d'obéir à votre conscience, que de laisser des traces pour vous faire prendre... Je ne sais pas... la psychologie, moi… Mais, c'est bien beau d'avoir trouvé enfin ce maudit poison, il reste que tout n'est pas réglé. Personne ne rapporte vous avoir vu à la cafétéria, le matin de la mort de Trudeau : ce n'est donc pas vous qui lui avez refilé le beurre d'arachide empoisonné. Par élimination, je vois deux coupables possibles, deux jeunes. Meloche est coupable d'une manière ou d'une autre, je le jurerais. Je suis sûr que je pourrais le faire parler, celui-là, mais il n'est plus ici ! Vous avez sans doute appris qu'il est rentré chez lui, rappelé par ses parents pour cause de maladie ; je ne sais pas ce qu'il leur a raconté, mais on nous a fait comprendre que c'est pas demain la veille qu'on pourra poursuivre l'interrogatoire. Quant à l'autre, le petit entretien que j'ai eu avec lui annonce que ça va être tout un travail que de percer sa carapace…

— Ce ne sera pas nécessaire, coupe la voix grêle du père Chassé. Je suis le seul coupable.

Baribeau comprend très bien où il veut en venir.

— Ce n'est pas possible ! Il faut que le coupable ait été sur place, et vous n'y étiez pas !

— Quelle importance ? Si je vous dis que je suis le seul coupable, si je vous signe des aveux complets, cela ne vous suffira-t-il pas ?

— Oh ! moi, franchement, je serais bien prêt à fermer le dossier. Mais, moi et la justice, ce sont deux choses…

Baribeau soupire profondément. Il prend une chaise et s'y laisse tomber. Il réfléchit. Le père Chassé reprend sa pieuse position.

— Vous priez, Père ?

— J'essaie, mais j'ai peur qu'il n'y ait plus personne pour m'écouter.

– Mais vous ne voulez pas prendre de risque, c'est ça?

– C'est ça.

– Alors, pouvez-vous prier aussi un peu pour moi? Je ne sais même plus comment essayer, et je vais mourir.

– Qu'est-ce qui vous fait croire ça? Vous êtes malade?

– Je suis malade, oui. Je ne veux pas savoir de quoi. Je vais mourir, c'est tout. Dites-moi comment ça s'est passé, père, il le faut.

Les deux hommes se fixent longuement. Enfin, avec un souffle de voix, le père parle :

– C'est ma faute. Quand il y a des étudiants au laboratoire, il y a toujours un peu de bruit. Ce jour-là, tout d'un coup, le silence! Comme s'il n'y avait plus personne! Mais je savais qu'ils n'étaient pas sortis. Ils étaient dans le bureau. Je m'approche, et par ce vide dans l'étagère, je les vois! Je suis surpris! Je ne sais pas comment réagir, je ne suis pas le père préfet! Le temps d'y penser, je les observe. Je ne vois rien de laid. Je ne m'indigne pas. C'est exactement comme quand j'observe des bêtes. Ce ne sont que trois jeunes animaux qui jouent. Observer les animaux, c'est ma vie! Mais ces animaux-là sont différents des autres; ils sont comme moi! Je suis comme eux; j'ai déjà fait ce qu'ils font, au même âge, dans un collège qui ressemble à celui-ci. Cela avait déclenché en moi une crise épouvantable, dont j'étais sorti avec la détermination d'entrer en religion. Je croyais que c'était confessé, effacé, oublié… Non. Tout d'un coup, le même émoi, la même incapacité de le refuser! Un demi-siècle de vie aboli! Ma

vie : rien qu'une longue fausseté! Alors… le doute!
La pire des épreuves, et je n'en sors pas. Et eux, ils
s'amusent, ils font cela comme… comme si le péché
n'existait pas. Et puis ce Trudeau est arrivé.

— On m'a déjà raconté cet épisode.

— Ah! Vous auriez pu le dire avant!

— Non.

— Non…? En tout cas, en plus du doute, voilà
la menace de l'opprobre, du châtiment temporel. Et
le pire : la menace de tout perdre. Bien sûr, de par
nos vœux, nous sommes censés être prêts à tout
laisser, à recommencer, n'importe quand, n'importe
où sur un simple ordre de notre supérieur, puisque
nous ne sommes que des serviteurs de Dieu, mais je
n'ai plus la force d'obéir; je ne suis pas capable de
quitter ce laboratoire… vivant. Alors ce garçon
perdu, mais si ferme, serein, convaincant! Aucun
doute ne l'anime. Il y a, dans son désir d'en finir
avec son ennemi, une pureté — est-ce possible? —
froide et dure, comme une pierre précieuse, mais
tellement limpide! C'est comme… un sacerdoce!
Vous comprenez?

— Oui. J'ai constaté la même chose. J'ai peine à
croire que c'est le garçon que l'on m'a dépeint,
ingrat, lâche, à l'âme trouble. Comment expliquer
un tel changement?

— C'est un être exceptionnel. Toujours est-il que
je lui ai montré le poison et que je l'ai laissé faire. Il
ne parlait alors que de rendre ce Trudeau malade,
mais ce n'est pas une excuse pour moi. Comment
pouvais-je croire qu'il saurait doser un produit si
dangereux? Peut-être, d'ailleurs, savait-il exactement ce qu'il faisait? Il n'y a que lui qui puisse le

dire. Je faisais semblant de ne rien voir tandis qu'il manipulait ces petits contenants de beurre de caca-huète. Pour ce qui est de l'autre, Meloche, j'ignore s'il a joué un rôle quelconque. Quoi qu'il en soit, ce ou ces garçons n'auront été que les instruments de ma culpabilité. Voilà.

— Je vous remercie, mon père.

— Belle ironie! Un peu plus, et vous me don-neriez l'absolution.

— On ne peut pas donner ce qu'on n'a pas!

— Qu'allez-vous faire?

— Que puis-je faire? Votre version des faits est tout ce que j'ai de solide, mais je n'ai pris aucune note, je n'ai rien enregistré, il n'y a pas de témoin. Au fond, il ne me reste qu'à décider de ce que je vais faire de ce poison. Je peux vous le laisser...

Encore une fois, les deux hommes échangent un regard complexe.

— Je n'en ai pas besoin, dit le petit père. J'avais pressenti que nous en arriverions là.

D'une ouverture dans sa soutane, il tire une petite enveloppe.

— Mon aveu est rédigé. Et si je vous ai fait un peu attendre, tantôt, c'est que je suis passé par le réfectoire.

De sa soutane, il sort encore deux tranches de pain blanc. Il ouvre un tiroir de son bureau, y plonge la main et dépose, sur le sous-main, deux contenants de beurre d'arachide. Il dit :

— Je vais prendre un petit goûter, que je ne peux malheureusement pas vous inviter à partager.

Baribeau hoche la tête en signe de compréhen-sion. Il se lève lentement, prend son pardessus, remet le poison dans sa poche. Le père Chassé ajoute :

— Est-ce que je fais cela par lâcheté ou par abnégation ? S'il y a un Dieu de l'autre côté, il saura bien me le dire.

— S'il y en a un, je plaiderai en votre faveur. À bientôt, peut-être.

La lourde carcasse du policier se meut vers la sortie.

Ite Missa est

— Q$^{\text{U'EST-CE QUE}}$ j'ai fait? demande le Perdu en
entrant dans le bureau du père préfet.

Le préfet se raidit en constatant la fermeté du
ton, puis il inspire profondément et se détend.

— Rien de spécial, cette fois-ci. Disons que je t'ai
convoqué pour l'ensemble de ton œuvre. Tu peux
t'asseoir.

Le Perdu reste debout.

— Je t'en prie, assieds-toi, insiste le père préfet.

Le garçon, perplexe, s'installe dans le fauteuil
aux coudes de bois que lui a désigné le préfet. Celui-
ci n'en finit plus de se frotter le nez, mal assuré
quant à ce qu'il a à dire.

— Est-ce que tu peux garder un secret? demande-
t-il enfin.

— Bien oui!

— Alors, tu vas être le premier étudiant à entendre
ce que je vais te dire et je compte sur toi pour ne pas
le répéter. Les autres l'apprendront en temps et lieu.

Le préfet le fixe un instant pour vérifier s'il peut
avoir confiance.

— Je vais quitter les Saints-Anges! lâche-t-il enfin.

Le Perdu écarquille les yeux.

— Cela t'étonne, bien sûr. Tu n'es pas le seul. J'ai moi-même peine à y croire.

Le préfet, les lèvres serrées, balaie du regard les murs de son bureau, les mains jointes sur le sous-main, à côté de son porte-plume doré.

— Et pourtant, c'est bien vrai. C'est la dernière journée que je passe dans ce bureau. Et ce n'est pas tout… Je quitte aussi la soutane.

Le Perdu est bouche bée.

— Eh oui! Je défroque. Tu sais ce que ce mot signifie?

Le Perdu fait oui de la tête. On frappe à la porte. Entre une grosse et grise secrétaire qu'on n'a jamais vue auparavant et qui sent la boule à mites. Elle pose une question en indiquant un dossier. Le préfet lui dit quoi faire. Elle ressort, maussade. Le préfet pose à nouveau sur lui son regard. On croirait y lire de l'affection.

— Avant de partir, je vais faire quelque chose pour toi. Je ne pense pas que tu vas comprendre que je le fais vraiment pour toi, pour t'aider, pas pour te punir. Ce sera ma dernière décision. Nous allons partir en même temps, toi et moi. Je vais te mettre à la porte du collège.

Lui a du mal à encaisser ce coup auquel il ne s'attendait pas, du moins pas maintenant. Ses yeux se remplissent d'eau. Il ravale un sanglot.

— Bien sûr, c'est difficile à accepter, mais je suis convaincu que tu ne seras pas long à trouver que cela aura été la meilleure chose que j'aurai faite pour toi. Je m'en vais vivre une autre vie et ce ne sera pas facile, à mon âge. C'est dire que, pour penser à toi, à ton bien, dans les circonstances, il faut que je fasse un effort. C'est parce que c'est un peu grâce à toi que j'ai trouvé le courage de me lancer dans l'inconnu. Tu ne l'as pas fait consciemment, bien sûr, mais je te dois quelque chose. Nous savons, toi et moi, que tu n'as jamais été heureux aux Saints-Anges. Trudeau n'est plus là pour t'embêter, soit, mais tu seras toujours ici comme en exil, sinon en prison. Demain, il y aura un autre père préfet assis dans cette chaise. Peut-être sera-t-il plus éclairé que moi, mais pour accéder à cette fonction, mieux vaut ne pas passer pour avoir le cœur tendre, moins encore douter des vertus de la discipline. Ce serait épouvantable s'il décidait d'utiliser ton cas pour faire la démonstration de sa compétence, et comme je te connais, ça ne manquerait pas d'arriver. Ton renvoi va être un choc pour tes parents, bien sûr. C'est moi qui vais leur parler. Je vais essayer de trouver les mots justes. Après tout, il y a une vie hors du collège des Saints-Anges. Tu comprends que ce sera mieux pour toi au bout du compte, non ?

Il comprend. Mais comprendre et vivre sont deux choses. Il se met à pleurer abondamment.

Le préfet ajoute :

— Si tu restes ici, tu es… perdu !

La mise en terre

MAL À L'AISE pour pleurer debout, Mode s'age-
nouille contre la pierre tombale. Elle ne connaît pas la personne qui est enterrée dessous, mais
elle pleure comme une veuve. Elle porte une robe
noire et un chapeau à résille. À cent pieds de là, on
met Nil en terre, son Nil. L'assistance est réduite et
ne compte que des policiers. Mode a attendu le
cortège en faisant semblant de prier sur cette tombe
inconnue. Elle a pu entendre l'oraison du prêtre et
le mot du chef de police, qui a dit des choses qui ne
la concernent pas. Elle a l'impression que tout le
monde est là par devoir. Personne de la famille ne
s'est dérangé : Nil ne la fréquentait plus depuis des
années.

Nil est mort du cœur.

Pourtant, quand il est rentré pour la dernière
fois, il avait l'air d'aller mieux. Elle le lui avait dit. Il
avait fait non de la tête. C'était seulement qu'il était
content d'en avoir fini. Il y avait du jambon et des
pommes de terre pilées avec du navet, pour souper.

Il avait ajouté du beurre et du poivre en quantité et il avait mangé comme ça ne lui était pas arrivé depuis des jours. Il avait aussi pris un bon morceau de gâteau blanc, en buvant du lait. Cela l'avait rendue joyeuse. Ensuite, elle lui avait servi le thé qu'il avait bu en rotant. Il aimait le thé de Mode, un thé fort, un thé de rue qui compte pour trois. Elle avait été sûre, alors, que tout allait recommencer comme avant, mieux qu'avant !

Mais il s'était mis à lui parler de son testament. Nil avait toujours vécu seul, avant elle. Il ne fumait pas, ne buvait pas, ne sortait pas. Avec l'assurance-vie, il lui laissait pas mal d'argent, assez pour se faire soigner puis vivoter jusqu'à la fin de ses jours. Il avait tout mis par écrit : qui consulter, où prendre l'argent, où le placer, où le laisser.

— Tu m'écoutes bien, Mode ? répétait-il à chaque étape. Si tu suis bien mes indications, tu ne manqueras de rien.

Elle avait mis du temps à comprendre, non pas les chiffres — elle ne les comprenait jamais très bien, d'ailleurs — mais la raison de toutes ces explications. Elle avait mis du temps à lui demander ce qui se passait et à insister pour avoir une réponse.

— Je suis mourant.

Elle avait caché son émotion. Elle avait baissé les yeux sur le papier. C'était ce qu'il voulait.

Après, ils s'étaient installés devant la télévision. L'oreille collée contre son torse, elle avait écouté les battements de son cœur, à l'affût des ratés, ainsi que le sifflement de sa respiration, qui s'alourdissait. On retransmettait un match de hockey. Nil avait poussé quelques jurons, mais son équipe avait fini par gagner.

Entre les périodes, il lui avait parlé de l'enquête. Elle avait essayé d'envisager des traitements pour lui, une guérison ; il avait écarté le sujet. Ils avaient regardé le film de fin de soirée. Jamais Nil ne veillait si tard. Après l'hymne national, ils n'avaient eu rien d'autre à faire qu'à se mettre au lit.

Entre deux bâillements, Nil lui avait parlé de toutes sortes de choses. Il lui avait répété ses recommandations. Il avait dit à quel point il tenait à ce qu'elle prenne soin d'elle. Puis, il lui avait parlé d'un garçon impliqué dans l'enquête ; il aurait aimé avoir été comme ce garçon. Il avait dit à Mode qu'il était content de ne pas avoir d'enfant. Il lui avait expliqué son idée que les pauvres ne devraient pas faire d'enfants, qu'ils devraient laisser ça aux riches puisque, comme ça, les riches manqueraient vite de pauvres et que, sans pauvres, il n'y aurait pas de riches et qu'alors, peut-être… Peut-être quoi ? Il l'ignorait. Il lui avait aussi dit que ce garçon était coupable, mais qu'il ne fallait en parler à personne.

Il avait fini par céder au sommeil. Pas elle. Elle était restée éveillée. Un peu après cinq heures du matin, il avait cessé de respirer. Elle s'était couchée contre lui et avait attendu le jour.

À neuf heures, elle avait appelé le notaire. Ensuite, elle s'était habillée, en homme. Elle avait fait disparaître de la chambre toute trace de sa présence. Vers dix heures, quand la police était arrivée, elle était devenue un chambreur. Les policiers connaissaient Nil. Ils savaient qu'il était célibataire. Ils s'étaient montrés soupçonneux, avaient posé quelques questions à ce locataire aux manières ambiguës. Elle avait répondu comme Nil lui avait recommandé de le faire. La morgue avait emporté le corps et puis l'autopsie avait éliminé les soupçons.

Mode est seule, maintenant et pour toujours. Elle a le sentiment qu'au cours de cette folle vie qu'elle a menée, il n'y a que les quelques années avec Nil qui ont compté, car ce sont les seules où elle a vraiment donné et reçu. Pourquoi vivrait-elle à présent qu'il est mort? Mais, elle a l'habitude de vivre sans réponses.

Le prêtre s'en va. Les policiers tournent le dos et passent à autre chose. Les préposés remontent les sangles qui ont soutenu le cercueil dans sa descente, rangent l'appareillage puis s'éloignent à leur tour. Nil reste seul dans son trou ouvert.

Mode s'approche. Elle pleure moins. Elle regarde le cercueil luisant malgré les poignées de terre qu'on a jetées dessus. Nil n'a pas été exposé. Mode se demande si son corps énorme tient vraiment dans cette boîte. Il n'est pas interdit de rêver, mais c'est fini, bien fini.

Il reste à Mode une chose à faire. Elle ouvre son sac à main et en tire une enveloppe de plastique, dans lequel il y a un bocal. Nil lui a demandé de s'en débarrasser et elle est fière de le faire ici, devant lui, avec lui.

Elle sort le bocal de l'enveloppe, le prend de sa main gantée, se laisse surprendre par l'odeur infecte mais s'efforce de garder la tête droite. Elle se penche et laisse tomber le bocal le long de la paroi de terre. Le bocal se brise contre le flanc du cercueil. Elle prend de la terre dans ses mains et la jette, recommence jusqu'à ce qu'elle entende le bruit que fait le bouteur qui vient vers eux à travers le cimetière. Elle se relève.

Le bouteur est juste derrière. Elle se retourne. L'homme aux commandes lève la main pour lui montrer qu'il peut attendre. Elle reporte son regard vers la tombe. Le bocal ne paraît plus. Elle pense que le poison protégera peut-être Nil des vers pendant un certain temps.

Elle tourne les talons et s'éloigne.

Le ciel est bleu et vide.

Elle entend la machine qui pousse la terre dans le trou.

Notes et remerciements

L'auteur tient à remercier Yves Beauchemin, Pascal Corriveau et Marie-Josée Normandin pour avoir accepté de lire et de commenter des versions préliminaires de ce roman.

Merci également à Monique Campeau pour sa collaboration des plus signifiantes et, à travers elle, à tous les collaborateurs des Éditions Vents d'Ouest, qui donnent littéralement leur temps à la diffusion de la littérature d'ici.

Merci, enfin, à la Société de Développement des Arts et de la Culture de la Ville de Longueuil pour son appui financier.

D'autre part, les lecteurs curieux apprécieront de savoir que l'image du « Bon Dieu qui danse le twist » a été inspirée par le fronton du portail central de la basilique Sainte-Madeleine de Vézelay, en France.

Table des matières

Dans la même collection

PAO : Réalisation des Éditions Vents d'Ouest inc. (Hull)
Impression : Imprimerie Gauvin ltée (Hull)

Achevé d'imprimer en septembre deux mille

Imprimé au Québec (Canada)